三民叢刊 254

用心生活

簡宛 著

三民書局印行

愛在用心生活裡

簡宛是我的大姐，我一向以她為榮，而且常對朋友們誇道：請分享我的大姐，不僅是文采，還有姐妹間的深情。因此，很多的朋友，都跟著我叫她「大姐」。

簡宛雖只長我兩歲，但我幼時羞澀自閉，父母忙，弟妹又多，在感情上我多半是很依賴她的。不僅是我，其他弟妹們也是如此。所謂長姐如母、長幼有序，在我們簡家是很行得通的。而姐夫又是非常爽朗熱情的人，因此，我們幾個當弟妹的總是在不同時刻，就會往姐姐家叨擾一陣，但那種感覺卻像回家般的自在。

小時候我們的家境並不好，最記得大姐每在過年之前幾天，就會帶著我們兄弟姐妹七人上臺北（我們住中和，算是鄉下）買衣服，越接近年關，東西越便宜，大姐早算計在心，弟妹們一字排開，她一一為我們挑選，不但要估量荷包裡的有限，還要顧及合適美觀，那種圓滿周到的持家本領，在她少女時代即已表露無遺。

簡宛與我是兩個個性很不同的人，她自幼長得活潑可愛，備受父母寵愛，長大後卻毫不驕縱跋扈，反而處處細膩敏銳、善體人意，相較之下我就顯得粗枝大葉，只會唸書罷了！但我倆感情之深卻無可並比，實具手足之親，更兼朋友相知之情，不知羨煞多少人。

而我倆在生活及心靈上共同的焦點應是「書」吧！也可以說，由於簡宛從小愛看書，文章又寫得好，引發她編織著成為「作家」的美夢，同時也薰陶了與她朝夕相處的我對文學、人文產生極大的興趣，讓我的生命一路走來有如繁花盛開，美不勝收。

大姐的「文學夢」固然是由於她的作文成績好，老師們誇她，爸媽也因她感到驕傲，弟妹們更愛戲謔她「大葡萄」（大文豪的諧音），但最重要的應在於，她始終不斷不輟的用心實踐她的夢，也因她的內心純美善良，以致所見所想，無人不善無人不美。簡宛不但書寫自己小我之情，還編集中外文豪對世間之情，在兒童文學與青少年文學方面，付出諸多心力。

她的這本以「用心生活」為主題的書，隨處可見她的細緻與用心。她的心在「書情」中悠遊、在「旅思」中倘佯、在「友情」中憶念、在「愛情」中感恩，以及在「世間情」中臨摹天地的寬，全書繞著「情」在轉，我恍然在她的「用心」與「多情」裡，看見她生命的姿采宛如繁華盛世，繫牽的是無止無盡的愛。

在「旅思」一輯中有好幾篇文章，如〈小而美的拉脫維亞〉、〈聖靈樂土立陶宛〉、〈從歌聲中獨立的愛沙尼亞〉、〈希望的源頭〉……，散落著我們簡家五姐妹同遊異國的痕跡，她不但用心成就出一篇篇的文章，更多情的印記了我們難得相聚的歡樂時光。

依稀仍是白衣黑裙，日夜捧書閱讀、聽廣播劇、看《紅樓夢》的少女年歲，轉眼間我倆已臨人生「初老」的階段！「初老」是作家席慕蓉的話，卻很能代表我此刻的心情。姐妹們都漸漸在老，但老去並不一定就要讓悲傷或憂愁相隨。當我們知道彼此都健在，都在為自己的興趣努力付出，在讓各自的日子過得更好，沒了早年的青澀懵懂，卻多了成熟與圓融，彼此都用心生活在自己的人生路上，這是多麼令人慶幸難得的幸福。

「用心生活」應是把握幸福的良方！

用心生活（代序）

近兩年來，自己承諾了不少工作，雖然年近退休，生活頓形忙碌，比起從前創業的年紀不遑多讓，每天不論多晚離開辦公室，總是做不到「今天工作今天畢」，接著「明天還有新功課」。週末與朋友有固定的球敘，也常常必須提早告辭。好像一名田徑選手，在運動場上不容旁騖，勇往直前。

這種生活充實有餘，從容不足，不禁想起英文名言“Even you win the rat race, you are still a rat.”（即使你贏了這場老鼠賽跑，仍然是老鼠一隻）。對自己不知不覺地參加了“rat race”感到無奈。

正在當下，簡宛出了新書，題名是「用心生活」，她要我寫幾句話代序，我不禁悚然而驚，這不正在提醒我嗎？不正是我忙碌中的 wake up call 嗎？

用心生活有兩層意義，其一如同用功，我們常說「用心唸書」、「用心做事」，指的是專心與努力的功夫。這層功夫，簡宛有她值得學習的長處，三十多年來，不僅寫了三十多本書，近年來又為三民書局主編了兒童文學叢書，已出版五、六套，不下六十本。她從沒放鬆她手中的一支筆。用心的第二層意義是關心的「心」，除了大腦的構思之外，簡宛是用「心」在寫作，她關懷周圍的朋友，關心世事變化與生活點滴，即使在旅途中，她也對所見所聞，用心探索、用情關注，是一位有心人。她常說：「旅行不僅增加她的見聞，也拓展她的心靈。」從這本書中，我體會到她的心靈之作，這也是常在忙碌的生活中逐漸失落的心靈觸覺。因為當我們的大腦忙於分析、理解與計算時，不知不覺地，心靈逐漸枯萎，像蒙上灰塵，不再敏銳。

在我忙於工作而廢寢忘食時，簡宛常幾近強迫地拉我外出散步活動肢體，或把一些精彩的文學作品與我分享。她戲稱是在「救贖我的靈魂」。做為她的另一半，簡宛也常在完成作品時，讓我先睹為快，我有時因工作忙，匆匆一眼，沒往心上去，當全書收集齊全，再次閱讀，才感到歲月流逝中，她捉住了吉光片羽。譬如〈書香小聚〉一文，描述成立讀書會及與書友共讀好書的情景，如今書香小聚已成為我們生活中的重要活動。在第二輯有關旅遊的篇幅中，記錄了我們旅行中的鴻爪，那些珍貴的見聞，若沒有她用心記下，不就遺失了嗎？在〈母親何價〉一文中，探討了物資文明中所忽視的母親價值，簡宛沒有批判，只有提出供讀者省思。〈築橋不砌牆〉是對政治活動有感而發，但是又何嘗不是人人都必須面對的人際關係？人與人之間如不溝通，難免因誤解而生嫌隙，而壁壘分明，砌牆對立。

以上只是略舉數例，提供參考。在她出書前夕，希望與愛讀她文章的讀者朋友分享欣喜之情。

註：作者為簡宛夫婿，現任北卡州立大學教授，著有英文論文百多篇，及中文著作兩本——《牛頓來訪》及《細胞歷險記》，均為三民書局出版。

用心生活

目次

輯二　旅　思

輯三　友情　懷念

輯四 愛情

輯一

書情

Book is your true friend, forever friend.

書是最好的朋友，永遠的朋友。

破曉之前

——卡特先生的新書

新年剛過，寒冷的冬風沒有阻擋熱情的人潮。長長的隊伍，圍繞著整座商場，來來回回有好幾圈，保守的估計，至少也有一兩千人。這樣的場面，連書店老闆都說稀有。站立在冷風中的人群，縮著頭，哈著氣，人人手中都握著書，因為書店為了保持安靜，要求讀者先買好書，在簽名期間書店不營業只簽名。可見書商也不是唯利是圖的人，他們的目的是在促銷作者的書，讀者到那家書店買書都不妨，為了保證在簽名時，氣氛不要太雜亂。畢竟是七十六歲的人了，不能太麻煩他老人家。

長長的隊伍，許多人站在暮色中，迎著剛亮起的街燈埋首看書，耐心地等待著進入書店，這是一副很特殊安詳的景觀，為了求得作者——美國第三十九任的退休總統卡特先生在新書上簽名，聽說不少人已等了兩三小時，而為了簽名，卡特先生的右手以及肩膀已經酸痛，幾乎不能成行。這還只是新書出版後的第三站呢。做為同是握筆的人，我心生同情，記得幾年前《喜福會》的作者——譚恩美女士來北卡簽書時，也曾對我說過：「真希望能待在家裡寫作，不必出來打書促銷。」在一切以商言商的社會，書的商品化，有誰能抗拒呢？我看著這一長排的人潮，慢慢地，把車子掉轉回頭，不僅是因找不到停車位，也讓卡特先生少簽一本書，多省一些精神寫書。做為讀者，買書來看也是對作者最好的支持。

卡特總統要來書店簽名賣書的消息，早早就在去年書店的書訊中宣佈著。如果他只是一名退休的總統，也許有興趣的人不會這麼多。真正愛讀書的人，並不太在意作者是什麼頭銜，重要的是書的內容。卡特與一般從政者不同，尤其他退休後，這近二十年來，寫書教書做義工也當學生，充分顯示了他活到老學到老的好學精神，相較於目前政壇上的桃色黑色糾紛，更加顯出他人格的完善。以美國退休總統的退休金，再加上七十多歲的高齡，他大可以天天打打球，吃喝玩樂養尊處優地享受晚年生活。但是他退休後做義工，寫書立著，鼓舞人類向上向善，還為貧窮者蓋房子，給退休者打氣，他也許不是一位出色的總統，但是他踏實誠懇的風格，是人性的光華。他的書既非排行榜上的暢銷書，也沒有出版商給八百萬美金像希拉蕊那樣未寫先轟動，但是站在隊伍中的讀者，大都是敬重他樸實真誠的人格，腳踏實地的做事態度，他退休後這些年所出版的十幾本書，已形成他的風格，也擁有他的讀者群。從這樣多的人肯在寒風中佇足等候一兩小時，也足見他的影響力了。

想起他一九八一年被迫退休時，他的情況是多麼地狼狽。不僅從總統的高位跌下來，他在喬治亞州的花生業務又負債累累，從雲端上跌到地面，除了忍痛，最重要的是還得站起來學走路，卡特總統和夫人羅素林女士，坦然接受從絢麗歸於平淡的日子，從此真正開拓了一片沒有疆界而屬於自己的領域。

這本新書——《破曉前一小時》（註），是他退休後的第十二本書，寫他自己的童年，一個在美國南方喬治亞州土生土長的農家孩子，如何當上了美國總統，他用平實的筆，記錄了他童年生活，也坦陳了蘊含在平凡生活中的人性尊貴之心。

卡特花了不少筆墨描寫農家生活，他好像整個人都浸淫在回憶中，娓娓道來，在當時是地主的卡特家族中，他同樣要在農場做工，書中他細數收成與農忙時的情況，絲毫沒有不屑或厭煩，農家的孩子，與土地的接觸，與黑奴的相處，都為他日後人生的思維播下種籽。黑人，在當時是明顯地處於次等公民，不能與白人平起平坐。但是卡特童年的玩伴，以及他親如母親的長工，都是黑人，作者沒有加上太多的批判，只是提到他童年的好友時，由於種族不同，說到兩人一起去看電影，坐車既不能同坐，看電影也不能並排共賞，但是他們兩人都沒有因此而不來往，他們維持了一生長遠的友情。卡特對黑人的同情和了解，其來有自，他悲天憫人的心，在他全力濟貧扶弱的美行中，表達無遺。他早慧的心中，想必早已對人權有深刻感受，只是他不是喊口號鬧革命的人，他是身體力行的實行者。

卡特的文筆平實而誠懇，他不用艱難的生字，也沒有特別佈局，可以說是平鋪直敘。但有書評家說他的文字文法挑不出錯誤，他如果不是被迫下臺，還不知自己的文字潛能，顯然，他做一位作者比當總統更能勝任愉快。難怪他在退休後談到寫作時說：「這真是新的人生，也是新的挑戰。可以拓展心靈，也可以創造故事。」

破曉之前，讓讀者看到卡特的成長，經濟恐慌時的社會，美國存在著的黑白問題。

對於愛讀書的人，我一向有一份敬重。讀書使人充實，尤其是自動自發的讀書，也是一種最早的民主自治之始，在沒有強制也沒有壓力的閱讀中，人，走向自己選擇的成熟之路，讀書的深刻意義也正是自主的源頭。

卡特和其他從政者不同的是，他是一位讀書人，從小愛閱讀的習慣，是他能在政壇退隱之後，不僅沒有迷失，還沈澱出人生的智慧。他退休後的寫書賣書，不僅為人類和平有所奉獻，也為從政者立下楷模。

註：Jimmy Carter, *An Hour Before Daylight*, Simon & Schuster (publisher).

生命的光華

——卡特先生寫小說

今年七十四歲的前美國總統——卡特先生正在寫小說，我看到消息時不免覺得這位總統先生太可愛，決定找點資料看一看，看完之後，更覺得他可愛，更想與讀者分享，尤其是退而不休的朋友。

一九八一年，才五十六歲的卡特總統被迫退休，那時他的情況相當狼狽，突然從總統的高位上跌下來，好像從雲端掉到地面，自己在喬治亞州的花生業務又負債累累，真正是屋漏偏逢連夜雨，無權又無錢。但是地面和雲端不同的是，地面廣大開闊，卡特先生和他的夫人羅素林女士，從絢麗歸於平淡，真正是開拓了一片退休後沒有疆界的領域。

正如卡特先生在他第十五本書《奇遇》的主旨一樣，人生真是有無數的奇蹟與新境，是我們始料不及也無法預測的。當他離開白宮時，他作夢也不會想到他會寫書，而且一寫就是十多本，更不會想到他會寫小說，當然他也沒想過會做家具，會蓋房子，還會打網球與滑雪，就像他給退休者的忠告一樣：追求未完成的夢想。如果不是有這一個人生的轉變，他說不定仍在宦海中沈浮，還不知道自己有這麼多才能呢。

從逆境中得到力量，是許多人的人生轉捩點，有人受不了打擊，一跌不起，有人因此打醒了自己，從日復一日的因循苟且中找到真正的自我，就像卡特先生一樣。快樂其實很簡單——就是不讓不快樂存在。也許讓自己少和不快樂打照面，得到快樂的機會不就多了嗎？

卡特先生從退休後這十八年的所作所為，其實給了退休者許多啟示，正如他在五十六歲時，被迫離開白宮，不得不退休時的問話：「如果我還有廿五年日子好過，那我要做什麼？不會就呆呆地等到自己的末日吧？」他的自我認知，使他再創自己生命的樂章，寫書教書，做義工也做學生，在他七十四歲想寫小說時，感到自己這方面的不足，他還求教於愛默麗大學的文學教授，給他書單，幫他充實這方面的不足。「術業有專攻，聞道有先後」，這也是卡特先生在跨行越界時，心中常存對不同行業的尊重。

有許多人怕老怕面對退休後老而無用的日子，老，是人生不可避免的路程，有用無用也是世俗的功利標準，最重要的還是自己。也許有人會說卡特當過總統，他有條件做他想做愛做的事，然而爬得高跌得重，他的痛也不會比別人輕，他的經驗值得學習。

這幾年來，許多公司都在縮編合併，裁員之聲不絕於耳，許多人也被迫提早退休，有人灑脫，有人愁眉不展。美國校園新增的「風景」之一是多了許多「老學生」。有人乾脆退休後就搬到學校附近，補償自己未竟之求知慾，除了選課上學之外，學校體育器材與活動都方便，看書找資料也都在方圓之內，正如卡特先生在談到寫小說時所言：「這真是新的人生，也是新的挑戰。可以拓展心靈，也可以創造故事。」

說不定過不久我們文壇還可出現許多被埋沒的小說家呢！

加油啊！離開職場的朋友，你們的人生才開始呢。

書香小聚

寂靜的街上。

夜已深沈，只有稀少的車子，在昏黃的街燈下行駛。

慢慢地開著車，聽著車上的CD，播放著我所喜愛的歌曲，腦中回味著剛剛在書香小聚中的討論，心中感到的不僅是與朋友聚會的愉悅，也是內心知性的交流與分享後的踏實。

書香小聚，愛書人的聚會，大約是四年前，明心擔任北卡書友會會長時，從已成立多年的北卡書友會，又組成了書香小聚，北卡書友會於一九九〇年成立時，原有四季座談會，分文學、藝術、保健與生活四個主題討論，從一九九七年起又增加了每月一書的讀書討論會。在固定的讀書聚會中，只在暑假有兩個月休假（夏日炎炎正好眠），日子在點滴中悄悄流走，在這兩年多的日子裡，有空白有雜亂，但是存在心底的書聲，尤其在紛紛擾擾的俗世中，確實有除蕪去垢澄清內心之功，無形中也助我沈靜踏實。

書房中有一副字：「閒來紙筆為友，無事詩書做伴」，不是什麼名家手筆，但那閒散自在的境界卻令我神往。古人追求功名利祿與美眷，常言：「書中自有黃金屋，書中自有顏如玉」，今人已難同意。但書有隔絕外在喧囂噪音之效，尤其在五花八門的現代世界，有詩書為伴，許多雜事也就不往心上放了，心中無垢無礙，自然輕鬆自在，這是不爭之事實。

就以書香小聚為例——細數這幾年來讀過的書，從《圍城》到《邊城》，從《林家次女》到《傷心咖啡屋》，從《隨緣破密》到《愛生活與學習》，有傳記與歷史，有小說與非小說，有勵志也有言情，洋洋灑灑竟然也有好幾十本，不得不為這份獲得，為書香小聚鼓掌。

這次談的是《林徽音文集》與《徐志摩的詩選》，書友裕彪還很有心，還特地帶來了錄音帶，播放了從徐志摩的詩譜成的歌曲，為我們熱烈的討論增加了浪漫的情調，也抒解了大家因意見不同所引起的情緒高亢。

想必是受了《人間四月天》的連續劇影響，所以討論也特別熱烈，有人針對著徐志摩的罪行，他該不該打？他是大渾蛋還是大情聖？也有論及婚外情的道德準則。因此話題也擴展為倫理或道德區分。大家見仁見智各有不同的見解。不過我一直認為戲劇不免有作者個人的主觀意識在內，若僅以《人間四月天》一劇就下斷語，去批判徐志摩的功過成敗，恐怕三天三夜也說不清。孰是孰非，故人已逝，我個人並不想在他們一男三女的戀情中置喙。只是從閱讀《林徽音文集》與有關五四時代人物的作品《人間四月天》中，感覺到當時男性社會的權威與任性，以及女性被壓抑的無奈。令我驚訝的是，有許多人可以容忍納妾的梁啟超，卻不能忍受敢以面對真實感情的徐志摩，這是深深引起我疑惑不解之處，難道時光走到了二十一世紀，有關感情問題，有人還停留在欲蓋彌彰的虛偽假象？

《林徽音文集》中，文字並不流暢，詩采也不特出，想必是因受文言之影響，對當時初創的白話文尚未能掌握自如。但是在讀到她寫給沈從文、胡適之等人的信中時，字裡行間頗多怨言，可以想見的是，有才有情的她，做為女性，背負著生活的煩瑣，尤其在給沈從文的信中，更是一再地直陳家事的細瑣與剝奪時間。我彷彿看到了一位有思想、有見解的婦女，在生活的困境中，想高聲嘶吼，但發不出聲音。這和在電視劇中，楚楚可憐、未語淚先流的小美人是截然不同的兩個人。我們自然不能只從《人間四月天》一劇中，就斷下定論。

讀書的好處是可以拓展思維，也可以聽到不同的論點。一廂情願地自以為是，或唯我獨尊的不能接納異見，都會阻礙自己的成長。在書香小聚的討論中，最可貴的是可以就書論書，不必縮頭縮尾怕得罪人。公開討論的訓練，在我們從小的教育中相當缺乏，邊說邊想的討論在美國卻是從小就被鼓勵著。我珍惜的也正是這份讀書人的真誠。

《徐志摩全集》、陸小曼的《愛眉小札》，在十二、三歲時，曾令我愛不釋手，如今再讀，卻已失去當年情懷，有時還覺太白太膩。但是詩人的真誠和才情，想必也是今日又在國內興起青少年喜愛之因。對於徐志摩的才氣和任性，他的真情和浪漫，所留下的作品，大概是他來人間走一趟的痕跡吧。

有人說文學反映人生，我卻覺得人生因為有了文學而豐富，書香小聚，每月一書也使我的生活因為有了書香而多彩多姿。

詩情

靜靜地走在人群中，記住那平和之氣就在靜中滋生。
盡可能不要退出人群，與人和平相處。
坦白真誠的表達自己，也傾聽別人的話語。
不論是否平淡無味或標新立異，每人都有他自己的故事。
避免大聲吆喝聒噪之人，他們會侵占你內心的沈靜。
不要和別人比，那使你變成尖酸無奈，
人生總是比上不足，比下有餘。
享受自己的成就和夢想，
保持對人對事的熱誠，雖然世界到處有狡猾之徒，但是別因此漠視美德嘉行。

因為生命仍然充滿英勇的氣勢。

兒子在信中附了一首小詩，他說已忘了作者是誰，這些日子來，他總愛在看到好詩或好文時與我分享，我也常常在其中得到閱讀的樂趣。心中也有許多欣喜，這個不是學文也不怎麼關心世界文學演變的人，自從一頭埋進他的專業後，除了他所關心的汽車設計外，從什麼時候開始又讀詩了？我好像又看到了那個小時候與我一起愛詩的孩子。童年的親子共讀習慣，真的成了他長大後的閱讀興趣。

那一年，他也才不過三歲，我為了寫報告，常常要上圖書館，他也只得提個小書包陪我讀書，事先我會告訴他圖書館很多書，也很安靜，雖然他是小了些，但是他如果不吵不鬧，他也可以和媽媽一樣是「大」學生。

小孩子最愛被人看成大人，加上我又誇又捧，他真是出奇的合作，連圖書館員都忍不住說他好懂事，他就更加要表現出色了。

然而畢竟是小孩子，最多三十分鐘，他就要喝水或尿尿，我也利用這個時間停下功課，為他念一段故事或小詩，也就是從那個時候開始，他一吵鬧或無聊時，念詩或讀一小段故事，絕對是萬靈丹，百試不爽。愛書的父母，帶領著兩個精力充沛的兒子，書成了我們在生活中鬧中取靜的定力，尤其是每晚的睡前故事時間已成了共同的回憶。

四月是美國圖書館協會所選定的全美圖書月，孩子小的時候，我會抽空去參加他們的讀書活動，春日在草地上聽故事，聞花香，偶爾也夾雜著鳥叫與笑聲，好像自己又回到了童年純真的歲月，那朗朗書聲，與春日的亮麗，讓我心情愉悅。孩子長大後，這種樂趣少了，然而我總不會忘記寫一點文字，是回憶也是分享這種閱讀之外的樂趣。希望年輕的父母不要失去這種最容易獲得的快樂。

越來越多的人不愛讀書了，尤其是上了年齡，眼力不好或時間不夠，書已成了塵封的往事，我還在不知老之將至，沈醉於書中日月，幸有孩子隨時的提供書訊與詩句，確實填補了生活中逐漸失去的詩情畫意。

年輕時，無意中播下的種子，有時也不知會長出什麼樣的花果，唯一可以確定的是歡歡喜喜帶領的孩子，他長大了必定也是開開心心地把他的快樂與你分享。

媽媽唸

還是那麼粲然的笑，身材嬌小的她，站在柯林頓總統夫婦中間，光彩並不遜於第一夫人。沒錯，那是南西，我在研究所時的老同學，我看著今天本地《觀察報》上頭版的消息，和同時得獎的作家、音樂家以及影藝名星如葛雷哥來畢克等人同時得到全美文藝獎章，這位被柯林頓總統稱之為真正讀寫能力的革命者，照片上她那開朗的笑容是我熟悉難忘的。她以媽媽唸 (motheread) 得到這項全國殊榮。「媽媽唸」的理想，可以說是她進研究所的理想，我們由於興趣相同，在一起時談的都是媽媽唸的構想。本來就擁有杜克大學英國文學學位的她，由於從小愛讀書，常常感到不會讀與寫的人之悲哀，尤其是孩子，有那一個孩子不愛聽故事？但是如果父母親不會唸，不免使孩子也失去這種閱讀的樂趣，於是南西就全心致力於讀寫能力的加強，這些年來不眠不休，南西的得獎我並不意外，幾乎從我認識她的那一天起，她就時時向人推薦閱讀之樂，她說一個人若是不能閱讀，將是一生中最大的損失。

走出校門後，我們仍常聚會，她一邊教書，一邊朝她的理念進行，她感於社會弱勢者的無助，因此她先從在監獄為女受刑人讀書開始，但是並不順利。這些因為爭取孩子的監護權，或因其他受虐待而動粗違法的囚犯，也有能說能讀學歷甚高的人。她們帶著排斥的眼光，冷眼看南西變什麼花樣。但是不久真誠的南西，以做母親的情懷感動了一些女受刑人，逐漸有更多人加入。她仍然風雨無阻每週都去監獄，與她們談天，教她們讀書，並為她們製作錄音帶，讓她們唸故事給孩子聽，使孩子能享受到聽媽媽講故事之樂，這多少減少了失去母愛照顧的遺憾。她的構想從監獄推廣到社會各個角落，成績斐然。從唸故事書中，傳遞了語言與道德的教育。人人都做得到的常理，由一個理想開始，到一個成果的顯現，南西所相信的「媽媽與孩子的親密關係」，利用這份親情，觸動了每個人內在的柔軟心，十多年的歲月流逝，我真正看到她精誠所至金石為開的執著，如今州政府與聯邦都撥了經費給她，傳播到其他各州，明尼蘇達州立法院已決定採用她的方式，每年撥款一百萬給非營利事業，去推廣「媽媽唸」活動。

有人一生追求名利，有人一生只做一件事，每天做，日日做，日久天長沈入心裡成了活著的目的。南西的得獎，真正讓我為老友高興，也讓我相信，在這紛紛亂亂的世紀末，人性的光輝仍然照耀。她同時也立下了一個楷模，讓每位父母都能做得到，為孩子讀書。在一個充滿書香的社會，自然也會減少暴戾之氣。媽媽唸之得獎，正是為這份細水長流的讀書風氣，播撒了種籽。

心領神會

——用書築起的橋

此刻也許您們正在返家的路上，祝福您們一路平安。

您們一走，天空開始下起霏霏細雨還夾著冰雪，連著幾天的晴空，突然換成烏雲密佈。早晨開車路過湖畔，我還稍作停留，想看看您們念念不忘的鵝群與海鳥，連牠們也無影無蹤。我的心情彷彿灰暗的天空一般，一時也陰霾不晴起來。

想起您們在北卡的這些日子，每天早上，看著陽光從日光屋中照進來，餐桌上，不僅有果汁、咖啡與煎蛋，更有我們海闊天空的交談。從早年傅東華翻譯的《咆哮山莊》、《傲慢與偏見》、《亂世佳人》等世界文學名著，到轟動一時的電影《臥虎藏龍》。通過時光的甬道，我們都回到了初入文學殿堂的中學時代。不同的是，您們當時在上海而我在臺北，您們沈迷於這些名著時，我還未上學，也還沒學會注音符號說北京話。多麼奇妙，書，把我們的距離縮短，書也使我們心靈相通。書，真是最好的橋樑，它不僅跨越時空，也跨越了制度，沒有疆界，也沒有階級高低上下，與您們談書的相互交流中，我們縮短了心靈的距離，也超越了時空的限制。真正讓我驚訝的是，您們對書的狂熱與喜愛，對著我書架上一排排的書，如魚得水，愛不釋手，好像要把過去三十年所欠缺未讀的好書，都給補償回來。

三十年，真的是有三十年的空白。我們之間，不僅隔著海峽兩岸，也有年齡與輩份的差距。過去，也從未曾有過您們的信息，只偶爾聽過家興提及，兒時聽四舅唱洋歌——You are my sunshine，喜愛唱歌又念舊的他，自從得悉您們在北京後，一有機會去北京必定設法與您們聯絡，但也僅有匆匆的數面之緣，並且都是在忙碌的行程中。我印象中有兩次相聚，一次是在您們北京的小樓，一次在旅館的餐廳，短暫的相聚都給我們留下了美好的回憶。

這次您們來美探望兒子，我們才有機會邀請您們來北卡小住。在多日的相處中，讓我感受到前所未有的感動——感動您們的好學不倦，也感動您們的赤子情懷，在世事的變幻中，不知有多少過了七十歲的人，還能像您們那麼好學不倦？愛讀書又熱愛大自然的寬闊心靈，連住家附近湖畔中，那些魚鴨鵝群，都在您們的思念中，每晨必散步到湖邊向他們問好餵食，回到家後又興高采烈地談論。我想起了心理學家曾說的：「人的心境可以決定人的年齡。」是那開放而不置疆界的童真之心，使您們年輕？還是讀書好學使外界的雜音淨化？您們的用功與好學，連年輕的朋友，都望塵莫及。學習使人遠離冷漠與老朽，這又是一個最好證明。

每當我問起文革時您們所受的折騰時，回答的都是：「都已經是過去的事了，不要再提吧。」或是：「說不清楚了。」好像要多珍惜我們短暫的相聚，不想把時間花在談無能為力的過去中。

「說不清楚了」和「老虎也有打盹的時候」是您們掛在嘴上的口頭禪，那之中的禪機與深意，耐人尋味。想起您們兩位都是上海交通大學的高材生，當年放棄了來美深造的獎學金，卻在文革中背負著走資與崇洋的帽子，吃盡苦頭，是那句：「說不清楚了。」一筆帶過。「老虎也有打盹的時候」更有一份人生剔透的領悟。是否這份不與天地結仇的幽默與達觀，才有把苦難與折磨一笑置之的能耐？我看到在歲月的流逝中，點滴沈澱出的智慧與包容。

網路開放後，您們與外界有了更多相連，對世事的了解與關懷，讓退休後的日子更加多彩多姿，在網路上讀《紐約時報》，聽電視新聞，求知與好學不倦，使上了七十歲的您們，保持著四十歲的生命脈動，對世事的深刻了解與關懷中，我忍不住想起了聽過的名言：「智者談思想，俗者說人閒言。」您們是智者最好的楷模。

跨越了時空，竟然在北卡的朋友中，也找到了您們共同的朋友，有留學歐洲的老友，有小學在四川附小的校友，也有北方電訊公司的同事……。當我們一起唱著"One day when we were young"時，我眼前彷彿出現了當年您們在大學時代的朝氣，這封鎖了近四十年的音符，喚醒了心底的青春，跳躍在自由自在的開闊世界中。

過去的，就讓它隨風而逝吧；未來的，依然陽光普照，讓我們展臂，熱情擁抱。

珍愛的女人

唱碟中正播放著充滿愛爾蘭風味的音樂，笛聲與簫音合鳴，伴隨著管弦樂隊的配樂，讓人心曠神怡，演唱者悅耳的合聲尤其令人陶醉。音樂的美，是人間的至善，想起了在演奏會上，樂團的召集人告訴聽眾，六位演唱者都是家庭主婦，當年只是對音樂的喜愛，大家一頭栽入音樂中，練唱演奏，十七年下來，持續練習不斷，如今已家喻戶曉，可是她們的「樂」趣不減，她們稱自己為「珍愛的女人」。

昨晚坐在音樂廳中，聽著她們的演奏時已沈醉不已，聽到團長說起她們的故事後更加感動。能做自己愛做的事最快樂，也會一路埋首樂在其中。想起近日來正好讀到的婦運領袖——貝蒂佛瑞坦的《人生行路》，當年多少家庭主婦投奔於她的號召，而走出家庭。但是今年已過七十歲的她，在字裡行間卻有感慨。她一生站在前頭，為了婦運不免犧牲許多自己的生活，其中包括了婚姻與家庭，當然也有她的自我滿足和成就。只是她也讓我看到了不同的女性成長，在毀譽參半中，有點滴在心的感懷。

貝蒂佛瑞坦，在七十歲時出了一本新書——《人生行路》（註一）。這是她的回顧。在過去近四十年的婦運中，她是一位精力充沛永不疲倦的女權改革者。在一九六三年出版的《女性迷思》（註二）更是女權運動的發展模型，這些年來，她疲於奔命，各處演講爭取立法，但是反應卻是功過參半。書的封面上，有她的近照，照片上的她，一頭白髮和下垂的眼角，面帶微笑，當年的銳氣已消失，她看起來就像是典型的慈祥奶奶，我看著那垂垂老矣的照片，感慨良深。

這位充滿戰鬥力的女性革命家，不僅提醒了世人她的成就，也告訴了我們，歲月無情，她的成就和頹喪，她的付出與收穫，在這本書中，娓娓道來她的人生行路中，有坦誠而忠實的表白。

從打開書本，作者帶領著我們進入她寂寞的童年，我們看到在美國伊利諾州的小城生活，生長在猶太人家庭中的她，從小聰明出色，好強的她，深恨同學對她的冷淡，當時就立志要以成績傲視同儕。大學進了名校史密斯大學，敏銳的她感受到學校與社會上，對女性的不公平，她也深為自己生為女性而有懷才不遇的怨尤，為此她還作了調查並寫了專文，也就是《女性迷思》一書的初衷原由。在當年中產階層，家庭主婦待在家中，更使她感到沒有成就感的失落，她在紐約當記者時因懷孕被解職的不平，都是種下了她要出人頭地為女性爭取權益的因素。

全書最重要的應是她引發的婦運，她創立全國婦女組織的經過等等。她對個人的成績有很多著墨，譬如出色的學業成績，柏克萊大學給了她的科學獎學金，但她最後因氣喘病以及和善妒的男友分手等等困擾，沒有接受柏克萊的獎金。並於一九四七年與卡爾佛瑞坦先生結婚，生了三個孩子，婚後和丈夫也是吵吵鬧鬧，這個婚姻到了一九六九年終於破裂，倒是到了晚年，兩人又成了朋友，並且享受著含飴弄孫之樂。

《女性迷思》出版後，貝蒂佛瑞坦的聲名大噪，她趁勢又組織婦女政治團體，她確實為女性爭取到不少權益。書中句句真言，她所提倡的「女性的新定義是和男性一樣，是在以找尋自我，並創造適合她個人的工作。」曾經震撼也影響多人，但是經過歲月流轉、社會教育，這個觀點如今人人了解，男女和諧並容也是今日潮流所向，這不得不歸功於早年婦運者的努力。也許她的痛苦和失望來自於她的主觀和好強，過份注重自己的成績，而無容人之量。初期想控制全體，晚期又不夠包容，作為領導者與思考者，她欠缺大將之風，這或許是她失去人心，而到了晚年有所感慨之因。

得失一念間，人，若能不相互排斥而相親相愛，且能使共同的理想實現，像「珍愛的女人」合唱團，自樂也樂人，一路往前走，不計較名利，而名利雙收。何等快樂！

當年登高一呼的婦運領袖貝蒂佛瑞坦，若能有寬闊容人的心胸，她其實能成就更大功業。能做自己愛做的事，高高興興全力以赴，都是快樂的源流，可惜非肉眼能見而被忽略。

「竹密豈妨流水過，山高不礙白雲飛」，東方的禪思足以為爭強好勝者之戒。讀書賞樂有感是為記。

註一：Betty Friedan, *Life so Far*.

註二：Betty Friedan, *Feminine Mystique*.

文學心　世間情

在世事紛擾、爭奇奪勝的今日，談文學心世間情，好像沒有什麼引人入勝的賣點，然而，人生中有許多平淡無奇沒有賣點的事，卻歷久彌新，談不談並無損其內在的意義。今天談它，只是因為我個人的一份喜好，五月是文學的季節，想在此與大家分享一點文學的心靈。

什麼是文學心

每個人都有文學的心靈，也許有人會說：「我不是學文學的，一點文學修養也沒有。」文學與我的生活距離太遠。我自己也不是學文學的，竟然還在此談文學心，不是太不自量力？其實文學心是存在於每個人的心中。我國古典文學——《詩經》就開章明義以「情動於中而形於言」為大序。用今天的白話文來說：情，就是心中的情感，因受外在環境的影響而有波動，心的感情有所波動時，就想辦法要以言語或文字表達，語言文字還覺不夠時，就會用手舞足蹈來加強，「關關雎鳩，在河之洲，窈窕淑女，君子好逑」，正是《詩經》中對現實人生的描述，這最古老、最自然的表達方式，是我所想說的文學心，也就是每個人與生俱來，在生活中的真情流露，經由文字戲曲或歌舞而表現的藝術。

已故小說家巴金曾說過：「我寫作不是因為我有才華，而是因我有感情。」這句話深得吾心，感情人人都有，文學心也與我們同在。只是有人用文字表達，有人用心欣賞。

情動於中而形於言

古代優美的詩詞，都是因外界的影響而引起內心的波動，譬如宋晏殊的〈浣溪沙〉：「無可奈何花落去，似曾相識燕歸來，小園香徑獨徘徊」，就是感嘆四季變化，世事無常。曹操在〈短歌行〉中以「對酒當歌，人生幾何？譬如朝露，去日無多」描述內心對權力與人生的多變而生的感懷。女性詞人李清照有許多膾炙人口的作品，都是有感而發。「風住塵香花已盡，日晚倦梳頭。物是人非事事休，欲語淚先流。聞說雙溪春尚好，也擬泛輕舟。只恐雙溪舴艋舟，載不動，許多愁。」感時悲秋，多愁善感的才女敏銳心思，在我年少時，不知引起多少同情的感傷。

這些詩詞都是我早年在初解人生情懷時，最愛讀的文學作品。

好奇心

我常說人生是一條流動的河流，河流可以源遠流長，也會因河床淤塞而枯竭。要保持源源不絕，最好的方法當然是讀書。從讀書中，不僅拓展自己內在的境界，有時更會有突破自己而產生新意。人因為有好奇心，才會有求知的慾望，讀書也是讓心靈不枯竭的源頭。「問渠那得清如許，為有源頭活水來。」在年少的人生旅程中，浸淫於書中，吸取文學名著或知識的瓊漿，讀書應是拓展文學心靈，增添內在深度的最好途徑。

真誠心

一九九五年諾貝爾文學獎得主——愛爾蘭詩人辛尼（Seamus Heancy, 1939–）曾來美國北卡女子大學演講，他在演講中提到寫作好像是他的內分泌，不曾須與分離。他說的一句話時時在我心中盤旋：「我用右手寫詩，想把美好的世界呈現給世人，也用左手寫詩，想讓世人了解世界的真相與理想，我用手中的一支筆，挖掘人間的一切真相。」這句話相信許多和我一樣借筆抒懷、以筆築橋的文學愛好者，都有於心戚戚之感。

有人說散文作者，是請讀者到家中小坐對談，小說家是躲在後面，只讓小說中的人物說話，不論是對談還是借小說傳遞作者想法，握筆者以真誠對待人生，表現於文學的心都是一樣，不同的是風格與方式。如果只是堆砌而無內容，終究會浪費了許多可貴的時間。生活的內涵比美麗的詞藻更重要，言之無物或沒有真誠的感情，不僅不會感動自己，連讀者也不會為之動容。對於寫慣散文的人，如何將生活中的素材加以設計，再呈現出來，就是寫作中最大的挑戰和藝術，從過程中作者也得到無限樂趣。

世間情

美國著名的行為心理學家巴士卡力博士，他的書《愛．生活與學習》（我在一九八二年間曾經把它翻譯出來，後來被選為「四十年來影響我們最大的書」）中有一句話，我至今奉為經典。

愛，因為你能愛，不是必須去愛。花開不是因為解人間的愁。人活著，能愛，能生活，也就有了快樂。

對我的寫作生活，我也有同樣的說法：「讀書或寫作，因為你喜愛，不是為了別人的期待。」因為有這樣的認知，心中才能坦然，也才能享受從書寫中得到的樂趣。正如我們人生的畫布要上什麼色彩，只有我們自己才能決定，沒有人能規定一定要用什麼色彩，這世界也因為有了各人加上的不同色彩，而多彩多姿。

我選擇用筆為橋，筆就是我內在的平衡點，在內心與人世中，建立了來往的交流，也平衡了內心的起伏，整理紛至沓來的思緒，對我個人的成長，遠超過了我的付出，尤其在國外，由於這支筆，而有了與故鄉相連的橋樑，這是我的選擇，也是我的收穫。在俗世的空間中，找尋內心深處的永遠平靜之點，是每一個人內在充實的源頭，人，唯有找到了內心的定點後，才會自在，而對生活產生熱情。

一個對自己有熱情的人，因而對人對世才能生出感情與愛情。一個握筆的人，若時時計較名與利，那一份真誠的心就大打折扣，時時在懷疑——寫作值多少錢？書是否暢銷？是不是有人會不喜歡？會批評？得失心左右了筆鋒，文學心就蕩然無存了。因為當我們有了得失心時，就有了恐懼，有了計較，在創作的過程中，心存恐懼，或有所求，難免因此失去了真我。

英國作家狄更生在幼年時，因家境貧苦，十二歲就得休學做工，幫助家計，他以童工的身分，工資低而工作枯燥，唯有每天下工後，用筆塗抹抒情，才是他生活中最大的樂趣，在書寫的過程中，他的心靈海闊天空無拘無束，那是他在現實的困頓中，唯一得到的救贖與寄託，對周遭環境的不滿與同情，都在筆下宣洩，他並沒想到名與利，只真誠的述說內心感受。在他的著作中，有許多中下階級生活的深刻描寫，不得不歸功於早年的生活經驗，這在他童年隨興書寫中，又何曾想到他會成為世界文豪？

快樂其實是在於它的過程，譬如在世運會中，若只在於求勝，得失心超越了一切，就完全失去過程中的樂趣，我們在這次的溜冰比賽中，從電視上目睹了得失與自在之不同結局。寫作也是如此，如果只為名利，壓力往往淹沒了過程中的快樂。

我們的生命有多長，愛就有多長，生命和愛是相存並立的一體，如果人生連這個起碼的需求都不能做到，當然會有人生苦多於樂的感慨。

如何以愉悅的心情去過日子，做自己愛做的事，在人生過程中，自由自在的表達內心的真實感情，我想文學心是最能接近真誠自我的途徑。以文學心，感受生活，在日復一日的生活中，有了自己從內心加入的愛和熱情，使生活在規律中有一些創意和色彩。經由文學藝術與音樂的欣賞或創作，讓桎梏的心靈，得以自由舒展，人，唯有在這種自由自在中才能活出真誠自我，產生關懷人間世事的情懷。

應波士頓作協之邀於哈佛大學燕京圖書館演講摘要

作家說書

寒山

人問寒山路，
寒山路不通；
夏天冰未釋，
日照霧濛濛。
似我何由屆，
與君心不同；
君心若似我，

還得到其中。

在臺北時，就聽說過這本名為《寒山》的書。回到美國，還沒來得及上書店去買，報上已刊出作者費哲要與此地書友們會面的日期，我趕快在日曆上畫上大大的圓圈，並買書閱讀。到了那天，早早趕到會場，可容納百人的場地，早已座無虛席，有許多人只好席地而坐。

作家唸書，是美國銷售新書的方式，每位作家有新書出版，大都有巡迴活動。作者唸一兩段書中文字，說一些與寫作相關的訊息，像下一本新書何時出版，或有關內容的簡介等等，不外是宣傳為首，然後再由大家提問題發問，最重要的當然就是賣書簽名。

在以商業為主的社會，書也是商品，出版商把書當做商品一樣推廣，所以許多作家也要跟著四處簽名賣書，我愛看書，對新書書評也常常閱讀，但對這種熱鬧並不怎麼熱心。這次因為是在臺北住了一年，有點懷念此地的文學活動，而且作者是本地人，他用北卡州西邊的山嶺為背景，還引用了寒山子的詩句，更把女性間的友情和異性間的愛情寫得如此細膩深入，使我深受感動，也有點好奇，是何種因素，使他進入了寒山的境界？

這還是他的第一本小說呢！如此一鳴驚人，真的要去領教。

作家大概都是這樣子吧，一副名士作風，卡其褲上一件咖啡色上衣，有點木訥，一坐上位子就唸書，幸好唸得不長，全場傾聽的肅穆，大大給予了作者鼓勵，他開始比較自在的看著大家，請大家提出問題發問。從他回答問題的內容上，才逐漸顯示出他是一個思考型的人，沈穩而不落俗套，讀者的問題有些實在太個人化，全是針對著他的生活，一般人對書的興趣顯然沒有對人大，有許多人是看了作者聽了演講之後才引起看書的動機的，難怪排行榜上的書有些並不好，可能是靠宣傳，也可能是作者能說善道，在一切以宣傳為主的商業時代，善於表達的人顯然比較受歡迎，這使我不免想到寫書和演講是否能相提並論？作家書寫得好，就一定能說善道？

很顯然《寒山》是一本好的文學作品，作者花了六年的時間找尋資料，並對內戰做深入研究，受歡迎的程度與日俱增，真金不怕火燒，好的書還是要有好的內容，只靠宣傳也許只能短暫存在，作者用心研究與專注寫作的精神，才是令人敬佩。

數年前，《喜福會》的作者——譚恩美女士到北卡來「打書」，我與她也有交談，她就坦白告訴我，希望能在家寫作而不必到處「打書」。做為同是握筆的人，能靜下心寫作比什麼都重要，否則為了應付市場，東奔西跑如何有時間讀書思考？寫出來的作品，也就粗俗膚淺，像商品一般，毫無價值可言。

我問作者書扉頁上的詩句是否來自寒山子的詩？他眼睛一亮，我們談到這首詩時，顯然其他人都不知道我們在說什麼，如果寒山只是北卡西邊的一個山名，那意境就全然不同了，可惜知音難得，「君心若似我，還得到其中」，是有其玄機禪意。

此情不渝《筆記書》

和《寒山》作者不同的是《筆記書》的作者。

他能說善道，年輕的臉，被夏日的日光染成棕色，一件白色的運動衫，一條淺色的卡其褲，笑起來有兩個若隱若現的酒渦。

「他如果演電視，也會走紅的。」我對坐在身旁的丈夫說。

「我的出版商要我在巡迴簽名賣書活動中，唸我的書，可是，不是每人都會唸書嗎？我問我的出版商。」這位在排行榜上的作家做了個鬼臉，又說下去：「我的出版商說，你不唸書做什麼呢？反正是行之有年的事。我說：『我來換一個方式吧。』」他說完，反身一躍，跳上講臺，說起了自己成名的故事。

這位以一本純情的小說走紅的文壇新人——尼古拉斯，面對著臺下近百位書迷說起了自己的故事。

「我從未想到要當作家，我本來是要學法律的，但是法學院沒給我入學許可。我在十九歲時曾因腿傷休學在家，塗鴉寫下一些文字，對文字很有興趣，所以後來工作後，也陸續塗抹寫作，並且常常看各種書，這本書是我的第一本作品，我花了六個月完成。」

「為什麼暢銷？我也不知道，說來你不相信，我一共寄出二十五封信，全部石沈大海，只有一個回音，就是我現在的經紀人，他也是新手，我本來還看不上他呢，只有六個月的經驗，我們兩個新手，誤打誤撞，竟有一天，我的經紀人打來電話，問我：『一百萬賣給××出版社好不好？』

『好啊！好極了！』

接下來的，都是令人興奮的事實，電影版權，平裝版權，電視訪問與演講……全美各地的巡迴『打書』活動。

一年出版將近七萬本的小說新書中，我的新書會登上排行榜？那是因為我書中的主題是——純淨無私，永不褪色變質的愛。這種人性中永不變質的愛是不會隨著時代進步或改變而消失的。」

我聽著他充滿熱情的話：「美國夢，這正是我夢想的實現。」

除了美國，不知道還有那一國有如此一夜成名，名利雙收的百萬作家？

除了美國，誰又把文學當作商品一般大量推銷而造就了百萬富豪？

趁著打書，他的第二本書也隨著促銷，不到一年時間，已完成另一本厚厚的小說，打鐵趁熱，商場最懂得掌握。記得《寒山》的作者當有人問起他下一本書時，他回答「還在研究中」，連書名都沒有。

商品或文學，任人選擇，通俗或精緻都有他們安身立命之處，這本來就是一個多元的世界。作家說書提供了訊息，是垃圾還是珍珠，時間是最好的證明。

輯二

旅思

The feet of the wanderer are like the flower,
his soul is growing and reaping the fruit ;
and all his sins are destroyed by his fatigues in wandering!
— Aitereya Brahmana

流浪者的腳步如花，心靈如熟果，人，必須流浪，為了洗滌污濁，尋覓自在。

布拉格之春

一直嚮往布拉格的古風，尤其聽多了有關布拉格的古蹟文化，聽多了去過的朋友由衷的讚賞，早已心動。雖然春天的布拉格還有寒意，但是，趁著去德國之便，在短暫的行程中，擠出三天，不論如何要往布拉格一趟，瞻仰心儀已久之古城風采。

晚上十點在科隆上車，我們買的是臥舖，想再回味當年坐火車遊歐洲的樂趣。歐洲的火車乾淨舒適，科隆火車站十多年前歐遊時已印象深刻，經過整修後，如今更是應有盡有，不僅有小吃店，還有餐廳、百貨公司及花店。夜晚躺在小小的床舖上，節奏規律的車聲，是很好的催眠曲。像小時候坐火車郊遊般興奮，還帶了好多平時節制禁忌的零食當宵夜。度假的心情，不再操心是否健康食物。

火車從德國東行，包廂中有乾淨的褥具，床頭還有小燈可供夜讀，規律節奏的火車聲，看不到兩頁書，就已沈沈進入夢鄉。接近捷克邊界時，被敲門聲吵醒，原來要檢查護照，拉開窗簾，天已濛濛亮，景觀和德國有了差距。整齊的建築物被農田取代了，村莊小路，屋舍溪流，一副鄉野的安詳。西歐的文明彷彿已被拋在後面，晨曦照在剛翻出的黑色土壤上，是春耕前的農家景觀。

火車進入捷克的第一件事，想不到是人人都得下車，在一塊布上洗腳，因為口蹄疫正在歐洲猖獗，尤其是英德等西歐國家殺聲騰騰，多少牛豬受到殺身之禍。尚未列入災區的捷克，對於外來的旅客，自然要小心謹慎，雖然那一塊小小的地上抹布，到底能有多少防範作用，我也很懷疑。但捷克的自豪，其來有自，有著古國尊嚴。

打開歷史，捷克是有古老歷史的國家，早在西元第九世紀，在捷克的土地上就有一個大摩拉維亞帝國出現，歐洲強大的哈布斯王朝，也曾以布拉格為政治中心，他們一向自稱是歐洲核心，即使是在一九六八年，捷克與斯洛伐克的民主運動，曾遭到蘇俄大軍的鎮壓，二十年間，忍氣吞聲，他們也仍不失其古老的典雅風範。

我們的目的地只選定布拉格，由於時間有限，與其到處走馬看花，不如將三天的時間細細欣賞這嚮往已久的古城。火車抵達布拉格時，我們迫不及待的提著行李下車，卻沒想到，一個小小的布拉格卻有兩個火車站，這是要特別提醒有意坐火車遊捷克的朋友，為此我們差點誤了回程的火車，因為我們早下車沒錯，但回程卻是在另一個火車站，只注意布拉格的名字，沒有注意不同的站名，但是誰又想得到方圓內會有兩個火車站？

旅館位於舊城，計程車幾分鐘的車程，司機獅子大開口，幸好有預先得到的警告，於是作識途老馬狀告訴司機：「我們知道旅館很近，只要你所說的半價就可到。」司機不好意思的摸摸頭，同意減半成行。

為什麼旅遊勝地，總有愛把觀光客當成敲詐對象的「欺生」行為？

旅館位於舊城廣場邊上，有一個特別名字，是取自卡夫卡作品——《變形蟲》。卡夫卡是捷克的寶，他在一八九三—一九一〇年間曾在此受教育，就在廣場的東邊，有卡夫卡父親所開的雜貨店，如今已成了書店，後來更發現，捷克利用他賺了不少錢，有卡夫卡故居書店、卡夫卡博物館等。

布拉格，畢竟是古城，迎面而來的教堂尖峰高塔，廣場上遊客如織，雖不到旺季，已有從各地躍來的旅人，特別是年輕人，愛此城的風雅自由，更愛此城的價廉物美。

行裝甫定，我們就迫不及待往外覓食，走入一家位居旅館對面的小店，典雅可愛，全家吃了第一頓布拉格風味的午餐，不到美金十元。布拉格物價低廉、人工便宜，最重要的是未經速食文化污染，即使是小店，也是精緻的餐具，用心的擺設，小小的燭臺，幾朵鮮花盆景，沒有人造與仿造的塑膠材料，後來經導遊介紹，還去一家純供當地人晚餐的餐廳，全套晚餐每人只收六元美金，難怪很多自助旅行的年輕人，一到布拉格就不想走了。

從地理位置而言，捷克確是位居歐陸中心，捷克與斯洛伐克可以分成三部分，即西部的波希米亞，中部的摩拉維亞與東部的斯洛伐克，中部摩拉維亞與西部的波希米亞因同處於一塊平原，往來方便，但是與東部的斯洛伐克因有層層疊疊的高山阻隔，而自成一家，也許地理因素，造成捷克與斯洛伐克走向分家的命運。

在歷史上，這一對兄弟分分合合，都是外來的統治者用武力強制結合，但是外力消除後兄弟又各自分家。一直到一九八八年，蘇聯的領袖戈巴契夫在造訪布拉格時，暗示他的開放政策，斯洛伐克與捷克，終於在一九九二年經公民投票各自獨立。

捷克因接近德國又被統治過，生活習俗比較接近西歐，就以喝啤酒的習慣而言，捷克人和德國人如出一轍，而捷克的啤酒更是聞名於世，連我這不愛喝啤酒的人，都覺別有滋味。原來捷克南部有一處名為 Ceake Budejovice 所產的啤酒，尤其可口，傳到美國，也就是美國人人皆知的百威啤酒。

為了對當地的文物認識，習慣上我們每至一地，總先參加當地的城市導遊，通常導遊都是能說善道，歷史掌故與社會現象甚至風俗文化都能如數家珍，坐在遊覽車上，當我準備洗耳恭聽時，卻只聽到他如錄音帶般，背誦著一些數字，語調低沈，毫無情感。我們一車有二十多人，每有人提問題，他總說：「不急，我還沒說到那裡，等一下會告訴你。」但是一個下午，僅他一個人念念叨叨地說著（或背著）一些資料，到後來，一下車，大家就全各走各的，自己用眼看景，用心感覺，不再接受他的疲勞轟炸。這真使我更加懷念在北歐，在波羅的海三國，在各地遊覽時從導遊學到的當地常識。

布拉格的城市不大，這也正是它的優點，許多景點都在步行可達之處，我們的旅館也正在廣場旁邊，舊城醒目的鐘樓，總圍滿了抬頭仰望的遊客。這個建於一三八八年的老建築，鐘樓外有兩個金碧輝煌的大圓形鐘，是很好的路標。這個大鐘看盡歷史演變，我忍不住在想——到底是時間掌控了生命，還是生命主導時間？是人在追逐時間，還是時間催人老？

布拉格舊城的美，也在於它那古色古香的建築，帶著文藝復興與哥德式的教堂尖頂高塔，處處可見，即使那兒也不去，就站在查兒士橋上，靜靜地欣賞這個城市的古典雅致，也就收穫匪淺，更何況它還有內容，尤其是音樂會，價格低廉但水準不俗，大家都知道布拉格對莫札特的喜愛，與維也納人對莫札特的冷漠偏激正好成了對比。布拉格處處有音樂的痕跡，從古典到現代，它顯示著不僅是觀光城，還是有水準的音樂藝術之都。我們第一個晚上就買到了音樂會的票，有福欣賞到布拉格人的音樂內涵。

除了古典音樂，布拉格的廣場上也有不少現代音樂會，免費供遊人欣賞。由於大家都安步當車，沒有噪音與污染的侵擾，只有人聲與市集的穿插。大家坐在露天的咖啡座，欣賞著音樂與古城閒暇的景致，當時正好是當地復活節趕集的日子，廣場上有了很多平時不易見到的傳統手工藝品出售，木器與水晶最引人注目，也是布拉格聞名於世的藝術品，日光下，耀眼的水晶光彩，是遊客鍾愛的目標。

捷克作家米蘭昆德說過：「布拉格是弱者的城市。」那是在《生命中難以承受之輕》中女主角受不了花心的托馬士而回到布拉格，沈入她自己的軟弱中，但托馬士也放心不下，跟著回到布拉格。也許是這樣的印象太深，布拉格在我眼中，彷彿總呈現著柔情軟弱。事實上，經過數個世紀的不幸，布拉格綻放著的是它柔中帶強的生命力，這個保持著古城風味的城市，像一顆久被蒙塵的珍珠，歲月未曾削減其深埋的彩華，只是布拉格不擅以耀眼的光環向世人顯耀，它的美是那種沈穩典雅，歷久彌新，像一位有個性的淑女，溫柔但不脆弱，這也正是我深愛它的原因。

捷克共和國小檔案——

面積：七萬八千八百六十六平方公里，比美國的南卡羅萊納州略小。

人口：有一千零三十萬四千三百人，約有一百二十一萬三千八百人住在首都布拉格。

氣候：全年溫和，最熱的月份六、七、八三個月氣溫在攝氏二十度左右。冬天最冷為十二月及一月、二月，氣溫也在攝氏一度左右。

特產及紀念品：木製工藝品及水晶。

如果你去上海

走出旅館，天空是蔚藍的，已經是十一月中旬了，在上海竟有如此溫暖如春的好天氣，陽光曬得人暖烘烘地，令人心情為之歡暢。

來上海前，聽過不少有關上海的描述，有驚艷，有讚嘆，也有對華屋高樓，美食佳餚念念不忘。甚至更有心動者，已打算在上海置產購屋，養老於斯。我曾到過上海多次，每次都驚於上海進步神速，上次來距今已有七、八年，這之間的變化該有多大？剛從上海回來的朋友，一再提醒我，此一時彼一時，不論藝術歌劇都精彩萬分，不可錯過。並再三叮嚀，那兒價廉物美，又多選擇，並不輸歐美時尚，勿忘去南京東路逛街，到外灘賞夜景。當然，襄陽商場或城隍廟更非去不可。

我一一記在本子上，做為旅遊參考。這麼多要去要看的地方，如何能在幾天內完成？

當然，更沒有人會想到我在有限的旅遊日程中，竟會把圖書館列為景點去消磨大半天。

我手中拿著地圖，就在距離旅館不遠的徐家滙，找到圖書館的位置。我曾問過旅館的工作人員，他們建議我，叫出租車起步費十元人民幣應可抵達。上海和任何大城一樣，出租車多而且便宜，但是這麼晴朗的天氣，我決定安步當車，慢慢欣賞街景，用腳觀光，既能健身，又能深入民俗，步行也是我一向最喜愛的方式。

好像已經是一種習慣，每到一個城市，總也想看看它的書店，能參觀藝術或圖書館更好，逛街購物我並不反對，但在書堆中，彷彿才能聞出這個城市的文化氣息。一個城市的外表雖重要，內在也不能太差。多年前，在英國威爾斯居住半年，倫敦和牛津的大小書店，真叫人流連忘返，有許多我駐足的角落。歐遊各國時，我收集的是書的信息。今春重訪德國科隆，在那一條鬧區街上，寸土是金的地段，竟有三家大書店，而且家家生意興隆，至今難忘。一個城市有愛書的子民，就有林立的書店提供消費，政府如果重視文化，自然圖書館和書店的設立，也就不是聊備一格，而是精神的依據。

這次特地要在緊迫的日程中，再看上海的圖書館，是想起十多年前初訪上海時，我要求參觀圖書館，確實給接待我們的朋友添了麻煩，記得那年是一九八二年初秋，我第一次到大陸旅遊，抵達時是黃昏，到處一片黑暗，印象深刻的是街燈下，圍著一群下棋和讀書的市民，還有很專心地聽廣播學英語的青年。上海那時還在節約用電，黃昏後市街都是一片黑暗，所以看到圍在街燈下看書下棋聽廣播的景象，使我很感動，對於愛讀書的人，我一向由衷尊敬，想及風簷展書讀的書香世界，在一九八二年，剛經歷過文化大革命浩劫的大陸同胞，書，大概是求知若渴的知識分子，賴以抒懷撫傷的最好良方。於是想多了解公共圖書館的狀況，朋友沒想到我要看圖書館，「沒什麼好看的」，一再推拖，我不疑有他，後來才知道要有公文又要批准，確實折騰，一向在美國進出圖書館，來去自如慣了，怎麼也沒想到給朋友添了麻煩。

後來再訪上海時，不敢再隨便要求朋友，乾脆自己上街買書逛書店。那時只有一家暗暗的書店，書高高地擺在架上，不能自己動手拿來翻閱。看到馮友蘭所寫的《中國哲學史》，請店員從書架上取下來，卻只有下冊，我告訴店員想買上下兩冊，店員頭也不抬地說：「賣完了。」從此埋首閱報，不再理我，我只好買了那沒有上冊的哲學史，聊勝於無。

如今上海已起飛，入夜後燈火輝煌，圍在路燈下的人群早已星散，外灘在幾年前，是小情侶談情說愛的去處，小板凳上擠滿了人，肩踵相接，有人笑說，牽錯了情人的手都不知曉。如今，霓虹燈五顏六色，高樓聳立，仰望天空，不知人在巴黎還是紐約？上海已不復當年，昔日的跑馬場，如今是廣闊的人民廣場，有博物館與美術館遙遙相對，氣勢不凡。曾經安靜的市街，日夜人聲車聲喧囂不絕。

想看看上海在步向繁華時，是否仍與多年前初訪時一樣，有許許多多埋首書中的青年？就像一個人，錦衣玉食後，在華麗的衣著下，是腦滿腸肥還是懷抱書香？我一個人漫步走向圖書館時，一路找尋著書報攤子或書店，可惜沿路大多是服飾百貨公司，還有餐館咖啡店，「民以食為天」，講究美食的華夏民族，海峽兩岸並不因隔離而有所差異。

圖書館的廣場上，正有許多不同集會，旁邊還有一掛起的布旗，寫著——為傷殘人捐款，另一方有電腦講座聚會，正在培訓電腦人才，入門處不同於早年排滿自行車，而是一排排的鮮花。當年是門禁森嚴，簽名查證，煩瑣不堪，如今雖不至門庭若市，卻已人來人往，自由出入。

這一改變真叫人愉悅，走上大理石臺階後，就是大廳，我一個人東張西望，以為會有人來查問，竟然也沒人理我。於是在一樓閱覽室和詢問處，先了解一下方向後，我已如識途老馬，隨著用功的青年學生，一層層往上走。

二樓也是左右兩側，一邊是港臺文學室與社會學科，另一側為古籍與家譜研究室。最令我印象深刻的是古籍與家譜研究室，入門處一塊巨大的紅木屏風寫著斗大的「百家爭鳴」，入內沿著窗口，擺放著紅木桌椅，窗外是露天的天井，正面對著拱形的圓門，周圍有一片青翠竹林與芭蕉，南方的庭園設計，充滿著古色古意。室內的展覽櫃檯，全是用紅木做成，細細的讀著古籍古文，有萬曆年間的印本考古正文，有宋歐陽修撰寫抄本，也有古籍善本（經史子集共四大冊）……看得我流連忘返。

三樓是科技部門，與科學有關的資訊放映室、期刊室、名人手稿等等一間間陳列室，沿著牆壁，掛滿了在近代科研上有傑出成就的中國科學家照片，我數了數，在近百人的照片中，只有不到十位的女科學家照片，是女性不宜成就科學？還是在「女人可以撐半個天」的中國大陸，也仍然是男性至上的社會？

我沒有往上走，在樓下的書店買了書、紀念品，店員親切友善，不斷地介紹可以買回送人的禮物，我買了老上海與新上海的照片，今昔相較，彷彿看到了在時空交會中，人類的創意在無限的空間中，自由綻放。

走出圖書館，晴空萬里，有成群的鳥兒停在電線桿上張望。我看看手中的地圖，可以去的地方真不少，嗯，真好，自由自在的逛街看人，也是一種幸福。

小而美的拉脫維亞
——波羅地海繽紛之旅

姐妹同遊

小妹一家從瑞典轉調至拉脫維亞時，波羅地海三國的地名，突然在我們家成了常用語。記得多年前在國中教地理時，與學生提到波羅地海三國的地位重要，是俄羅斯通往西方世界的門戶，學生還淘氣的問：「為什麼叫波羅地海？是不是產很多波蘿？」

因為有此一問，孩子們對此三國印象深刻，也特別感到興趣，我因此也刻意收集了一些課本外的補充教材，讓他們了解三國的風土民情，教學相長，我也學到許多波海三國的人文歷史。

事隔多年，當我站在波羅地海的海邊，面對著蔚藍遼闊的大海，我們五姐妹沿著海灘漫步、撿石子，聽著海浪拍岸以及孩子們嬉戲的笑聲，才感到時光飛逝，我教國中時，小妹還沒上中學呢！如今她已是三個孩子的母親，中華民國派至拉脫維亞的代表夫人。

波羅地海三國——拉脫維亞、愛沙尼亞、立陶宛，因位於波蘭與俄羅斯聖彼得堡間，很容易被人誤以為是俄羅斯的一部分。事實上，蘇聯解體後，相繼成為獨立國的三個國家，民族性及今日發展的景觀，迥異於俄羅斯老大哥的體大步沈，行動緩慢作風，尤其在深入遊覽與觀察之後，我們忍不住要發出「小而美」、「小而巧」的讚語。「大而無當」或「大蛇難翻身」，是我們對聖彼得堡匆匆一瞥，小遊之後的感嘆語。而新近獨立的三小國家，朝氣勃勃，發展積極的步調，更印證了順應人性才是治國之道的觀點。

叫化雞變成小飛燕

從美國東岸的亞特蘭大城，直飛德國法蘭克福，飛機七小時就到了，再轉機從法蘭克福飛拉脫維亞首都里加，只需二小時又十分，但是，因為中間平白失去了七小時時差，該睡覺的時間，突然就不見了，看到了來接機的小妹，忍不住誇張的叫著：「唉呀！好遠哦！一定要好玩又好看，不然怎麼能值回這一趟長途勞累之苦。」

小妹一向被我們這些姐姐們折磨慣了，一疊聲「辛苦、辛苦」，費盡心思安排遊覽，參觀名勝，前前後後已籌備多時，只見她來來回回，兩天內接了四趟飛機，又安排了「理療按摩」的招待，才把我們從旅途勞累中救活過來。

這裡的「理療按摩」，可不同於臺北的「理療馬殺雞」。在優美拉，早於十九世紀就已經有直接的交通，從莫斯科直達此地，為的也是優美拉特有的水質與專業的醫療設備，成為俄羅斯高級幹部的休閒渡假中心。今日它潔淨的沙灘與幽靜的美景，已吸引了大批遊客。

優美拉的水質，據說有特殊的功能，可以治病又可強身。傳說數代的民間故事中，有一條遇難的船，漂到了里加灣，全船的人皆已死亡，只有一水手存命，他棲身樹下時，飢寒交迫，又被蛇咬傷手臂，痛不欲生，正當生不如死之際，他把被蛇咬傷之手臂，浸入流水中，並喝了一口水充飢。有如奇蹟發生，他的傷口不再疼痛，並恢復了體力。他被救出後，把他的經歷傳述，優美拉之水，成了可治百病的靈丹，從此聞名遐邇，成為保健與遊覽勝地。

我們從里加出發，約需四十分鐘車程，沿途村野景色，安詳無比，進入優美拉時，還有高大松林樹木，海邊景觀，漸入眼底。從拿破崙時代即已興建的古老建築，有些仍錯落其間，里加的國際學校也位於附近，車子進入設有醫療服務的旅館，一間間特設的房間及浴室、三溫暖等設備，非常齊全而專業化，絲毫沒有陰暗不潔之感。當然收費低廉與服務周到，更是贏得讚美不絕。大約合於美金六元的一小時按摩，對於酸痛的骨骼與肌肉，確是享受，古代之帝王，大概也不過如此。

牛乳浴加上泥巴澡也是優美拉特有的醫療服務，泥土中特有的礦物，聽說對關節有治療之效，「有病治病，無病養身」，讓黑色泥土，包住足踝、腰幹與肩頭，再用一大張油布緊緊包住，悶二十分鐘，我想起了中國名菜，包在土中燒烤的「叫化雞」。不過，叫化雞從土中出來，我們用清水沖洗乾淨之後，卻有如燕子般輕盈，而且胃口大開，可以吃得下整客的西餐。

我們有了一個脫胎換骨、精神抖擻的新自己。

這一個被東歐人稱為快樂假期的優美拉，有很美很長的海灘，自從拿破崙戰爭之後，俄羅斯軍官就經常到此度假，我們五位來自臺灣的姐妹，走在陽光普照的海濱，衷心感謝：「幸好有你在這兒，讓我們有機會接近波羅地海。」我們對辛苦安排的小妹致謝：「你也替我們開闢了旅遊勝地。」

誠實的拉脫維亞人

從長途旅行中恢復過來，才發現了里加的美。

里加是波羅地海三國之一——拉脫維亞的首都，由於最近幾年才脫離俄羅斯，成為獨立國，所以印象中，我們總以為拉脫維亞免不了帶著共產國家的習氣。但是，展現在眼前的，卻是另一種面貌，尤其是首都里加，和西歐的都市並無甚差別，尤其在新舊之間，另有一種風貌。古老教堂新式的高樓中，陳列錯落其間的是露天的咖啡座與電車，和歐洲許多著名的大城一樣，里加也有一條名叫道格瓦河貫穿其間，就像巴黎有塞納河、英國倫敦有泰晤士河、紐約有哈得遜河、臺北有淡水河一般，增加了城市的嫵媚靈秀之氣。我也急欲一探波羅地海繽紛的城市——里加的風貌。

拉脫維亞的字義很簡單，就是「使用拉脫維亞語的人之土地」，亦即古印歐語系在波羅地海的聚落，這些聚落，比東歐斯拉夫人的遷入還早，可是位居於俄羅斯與日耳曼強勢之間，在歷史上受盡佔領與欺凌，經過了掙扎奮鬥的民族，顯得剛毅又謙和。在此已住了兩年的小妹告訴我們，拉脫維亞人很踏實可靠，頗有古風。

不用花多長的時間去求證，我們很快就從購物中得到證實。通常美金與拉幣是二比一，即二元美金等於一元拉幣；我們結帳時，就以拉幣乘以二為美金之數付款，店主拿起計算機，告訴我們當天美金市價為一比一點七，找回了六十元美金給我們，他無視於我們的驚喜訝異之色。走遍世界，我們不會忘記誠實無欺的拉脫維亞商人。

愛唱歌的民族

由於小妹剛搬到里加時，也許人生地不熟，所以許多日用品與食物要從臺北寄去，給我們的印象是物質缺乏，所以也急於看他們的民生供應所——市場。和臺北一樣，它有傳統的市場，肉販笑嘻嘻地賣著豬肉、牛肉，也有新式的超級市場，陳列著各式各樣的食品與罐頭、乳酪與水果；妹夫淳卜點了一道我在美國招待過他們的義大利餐，我也毫無困難地找到了各種佐料配件下廚大展身手，吃得大家皆開懷叫好。

來里加前，就已經收到小妹寄來的各種遊覽資料介紹名勝，由於時間有限，只好精選重點，在唸了一大串教堂、博物館名稱之後，我們選了露天的民族博物館。首先迎接我們的就是身著拉脫維亞裝扮的婦女，在門口處笑臉迎人，漫步走入樹中間，小小的木屋與古老的手工藝品，拉脫維亞的特產亞麻製品與琥珀飾物，以及皮製小盒，全是手工製成的藝術品，令人愛不釋手。最令人印象深刻的是那小小的古老教堂，未曾用一根釘子，全是古早的栓接手工，如今的工人已無法仿製；天花板與屋頂上，也是手工製成的聖經故事，和歐洲許多古老的城市一樣，里加的宗教氣氛極濃，他們都是以基督徒為主，和立陶宛的天主教國家迥然不同。

由於開放式的博物館位於公園中，公園又佔地二百五十多畝，有裕佳拉湖（Jugla Lake）圍繞，走走停停，吹吹海風，欣賞湖景，古今相映，饒有特色。夏天的北國，陽光普照，吸引了關在陰暗屋中一整季的拉脫維亞人。由於位居高緯地區，冬日漫漫，到了夏天，日長夜短，人人往戶外活動、度假、辦喜事，全選在夏天。公園中，高高的搭起架子，正有人在此舉行婚禮，處處是音樂演奏與歌聲呢！

拉脫維亞有七十七萬五千首民謠，許多木雕和石像，說明了一個被壓迫的民族，如何用音樂和藝術，表達內心深處的情感，他們想讓世人認識的，不止是語言而已。我們走在公園中、博物館內，處處震撼著我內心細小思維的是這柔弱又堅強的民族，只短短幾年，獨立後建設已耳目一新。

他們獨立了，小而美，小而堅毅，他們對臺灣的印象特別深刻而友好，因為成立不久的臺北代表處，積極的推動了文化經濟交流，舉辦了小朋友的圖畫比賽——「印象中的臺灣」，得獎人還到臺灣參觀，當地報紙還大肆宣揚呢！

小而美，小而巧，臺灣與拉脫維亞都有共同的特色。

拉脫維亞小檔案——

面積：六萬四千五百八十九平方公里。

人口：兩千五百萬。

首都：里加。

位置：位於波羅地海之東，北有愛沙尼亞，南有立陶宛，與瑞典隔海相望。

收入：每月平均二百二十五美元（以每人年收入約美金三千元計）。

特產：木材、手工藝、琥珀等。
獨立：一九九一年。

從歌聲中獨立的愛沙尼亞

我時常在想，對愛沙尼亞的印象，是因為這個位於波羅地海的國家人物、景觀、民情的特殊？還是那博聞廣識的導遊，充滿趣味性與知識性的解說造成？

從拉脫維亞乘車往北，約需五小時車程，中間還經過兩國邊境，出關入境，只有百呎不到的距離，但是語言不同，武裝士兵查證驗照毫不苟且，使我記起他們才從蘇聯政體獨立不久，雖然已經獨立，在大國統治下的陰影，還是殘留。和我們在東柏林時所見有些許相似，那就是嚴肅的表情。

可是，到了愛沙尼亞的首都——塔林，我先入為主的印象完全錯誤，這一個有小巴黎之稱的首都，既沒有首都城市的政治色彩，相反的，還帶著藝術與浪漫的風味，短暫的停留中，讓我們深感意猶未盡，計畫著下次再來。

愛沙尼亞的面積不大，東西南北任何兩點之間的距離，一天開車可以來回，首都塔林更不在話下，然而處處是歷史古蹟與中世紀建築的城市風貌，時時提醒旅人，它曾經有過的文化與歷史，飽受強國佔領統治的痛苦，使他們更積極努力的發展經濟文化。

抵達塔林時是黃昏，一頓味美的燭光晚餐，不僅掃盡旅程勞累，更是唇頰留香，烹調亦是文化特色，愛沙尼亞果然不俗。北國日長夜短，飯後走在廣場，夕陽餘暉，金光閃耀，正好灑滿教堂尖塔，我們徒步上山腰，俯視初上華燈的市街，慢慢了解到，在二次世界大戰期間，派在莫斯科的西方軍人，為何如此情有獨鍾的愛來塔林玩樂，一直到現在，芬蘭人還是認為塔林是他們度假的天堂，有夜生活，有佳餚美酒，難怪熱鬧。

導遊臺維士，一開口就不俗：「我的名字和臺灣很接近，愛沙尼亞和臺灣一樣也是小而美，我們一定有許多共同話題，你們記不住就叫我臺灣，要不就叫臺維士。」他說。

從政治、經濟到現狀，像閒談一樣，他輕鬆道來，原來，這位才三十出頭的年輕人，曾經是外交官，但是在一次外交場合中，被友邦人士稱讚，使他的上司不悅，功高震主，不得志中，只好改行做旅遊業，因此他的歷史、政治、各種常識廣博豐富，確實令我們不虛此行。

最特別的例子是，沿途中，我們停在一處墓園，他介紹著：「從墓園與廚房，可以認識一個國家的文化。」不像一般遊覽，看大街和博物館的作風，他正好合了我們不愛「到此一遊，拍照為念」的俗套。從逝去的名人政客中，介紹了愛沙尼亞的獨立背景，同時也從現行的鈔票中，告訴我們那些人頭中，有文學家、藝術家與詩人。「政治很短暫，文學才是永恆。」他說得自然，我們聽得入神，愛沙尼亞的童話、詩，與歌謠、小說，在世界文壇有相當地位，譬如著名的兒童文學《奇妙的扇子》及《孤兒的手磨車》已有多國譯文，並深受喜愛，也許是多年居於強敵壓境，使其民族善於利用文學、音樂、詩歌來表達情懷。一九九〇年著名的用歌唱推翻統治者的不流血革命，正是最使愛沙尼亞人樂於述說的得意事，成千上萬的人民，夜以繼日的唱著民族之聲，使蘇聯不得不知難而退，讓其統治了近五十年（一九四四－一九九一）的附庸國，成為獨立自主國。

愛沙尼亞多年來，從強國的虎視眈眈中，到今日獨立自主的國家，歷盡滄桑，它周圍的丹麥、德國、蘇俄，都曾染指過，占領最久的是蘇聯老大，也是最令愛沙尼亞人憎恨的對象。由於位居波羅地海要地，與北歐、東歐各國接鄰，處境重要。如今與芬蘭的關係最為密切，從赫爾辛基來往，一小時可到，兩國隔海相望，芬蘭人最愛的度假天堂，購物中心，除塔林外找不到第二處。愛沙尼亞也不負眾望，商品設計、城市風采、手工藝品等等，皆有藝術品味，才獨立數年，比起北部的俄國大城——聖彼德堡——其靈巧可愛，真非蘇俄老大沈重的腳步能比。

愛沙尼亞的歷史文化非常豐富，特別在音樂與舞蹈方面，他們刻意的保存，尤其是音樂節慶，已經有百年歷史之久，為的就是要保留他們特有的民族色彩，流傳到今日，每年的音樂節日，就要接連慶祝好幾天，其中包括了五天的音樂會、舞蹈表演，以及展覽。這個活動同時也吸引了旅居國外及各地的愛沙尼亞人，從歌聲中，他們傳遞了心聲，可以想像的是，這種傳統，已成了他們凝聚的精神力量，也使他們在國際上享有極高的音樂合唱團的高水準評價。用歌唱出的獨立，是他們津津樂道的光榮。

今日的愛沙尼亞，極力拓展經濟貿易，在波海三國中，它的面積最小，但失業率也最低（只三點六百分比），人民的平均收入卻最高，由於自由、開放，加上全年不結冰的轉口港位置，來此投資的外國集團不少，目前北歐的瑞典、芬蘭與之貿易頻繁，中華民國與愛沙尼亞的交流也日形重要，由於臺北駐波海三國的辦事處積極推展，在可預見的未來，雙方的商業往來與文化交流將會更趨熱鬧與重要，也許愛沙尼亞特有的皮雕、琥珀、麻布手工藝品，也可在臺灣買到，臺灣的高科技產品，也會充斥愛沙尼亞市場。讓我們拭目以待。

愛沙尼亞小檔案——

面積：四萬五千二百二十七平方公里。

人口：一百五十萬，近三分之一為俄籍（百分之二十八點七）。

年收入：三千美元。

語言：愛沙尼亞語、英語、俄語。

首都：塔林。

聖靈樂土立陶宛

十字架山與頑強的民族

從愛沙尼亞開車前往立陶宛的途中，一座插滿了十字架的小山，以及來往絡繹不絕的人群，吸引了我們的注意，跟著也下車與朝聖者一起走向十字架山，才發現這塊曾經被教皇踏過的山坡地，有如一片十字架林，蔓延在鄉間深處。人們或跪或站，或唱詩歌與默禱，虔誠專注的神情，令人肅然。顯而易見的這是一個虔誠的天主教國家。

迥異於波海其他兩國——拉脫維亞與愛沙尼亞的基督教盛行，立陶宛的天主教徒佔了百分之九十，由此也說明了屬於印歐語系的立陶宛人，堅決執著的民族性，就因為他們的異教徒精神，曾使篤信基督的條頓騎兵深惡痛絕，在歷史上受盡了折磨與苦難，也因此，在一九九〇年，終於獨立時，狂歡與幸福充滿在民間，至今仍處處可尋，尤其是曾遭禁忌的熱氣球，在高空飄盪，為的正是他們可以不再受壓迫與束縛。事實上，揭旗高呼獨立的，據說正是立陶宛大學哲學系的畢業生，立陶宛人的頑強與革命性，其來有自，不難理解了。

立陶宛人的特立獨行，以及堅強果斷的精神，不僅在政治上得到獨立的成果，在商業上也急起直追，大有搖身一變，要拋棄一向以農立國，處處是農夫與詩人的形象，而改以商人和銀行家立國了。我們一到首都維紐斯(Vilnius)，現代化的旅館，頗有風格與特色，接待我們的旅遊人員，果斷而有效率的行事作風，當場算好了往後三天的食宿與費用，她既不亂敲竹槓，又不拖泥帶水，我問她是否立陶宛的女性都像她一樣能幹？她笑稱，不是她能幹，是立陶宛人的性子急，不喜歡慢吞吞地磨蹭。

可不是，第二天找來的女導遊，真正是標準的急驚風了，她帶我們上城下城參觀，有如衝鋒陷陣，全像在趕鴨子，立陶宛首都維紐斯，本來就和波羅地海的其他城市不同，它又位處內陸，不受德國影響，而因地緣與宗教相近，與波蘭如出一轍，建築物或教堂，全有波蘭與義大利風格，導遊也只跟著她自己的感覺走，一上午的時間，就看遍了城內教堂與大學。同行中，小妹三歲的兒子，急著上廁所，導遊還挺不耐煩的說：「怎麼要上廁所，看完教堂再說。」弄得我們啼笑皆非，對維紐斯的印象，只記得教堂與教堂上的十字架，還有小瑞瑞被哄著忍住尿的表情。當然對於立陶宛境內的天主教教堂，也更印象深刻而難忘，除此之外，就是立陶宛導遊急促促兇巴巴的嘴臉了。

琥珀海岸

立陶宛的海岸環繞科蘭湖，湖又延伸入加里寧格勒的那令加沙洲與海隔開，這一個長達九十七公里的半島，細細長長介在海湖之間，形成了極美、極幽靜的勝地。本來是一肚子的怨氣，五姐妹被導遊趕鴨子似的上車下車，完全失去了旅行中的閒散心情，但是一到了那令加沙洲，一接近了那完全自然的保護地區，我們終於明白這付出的必要。

為了保護這特殊的景觀，立陶宛人真正是用心良苦，首先在一九九一年列入國家公園，並列為自然保護區的沙洲上，不能停車，也不能攀爬，只有用木板築成的小徑可以踏踐。沙洲四處，長滿了古老的松樹，據說已有千年以上，為了維護沙洲的生態，又種了蘑菇與藍莓，站在沙丘上，看海鷗飛躍，靜得幾乎聽得見拍翅的聲音，我開始羨慕德國作家湯瑪斯・曼曾以《約瑟夫與他的兄弟們》一書獲得諾貝爾獎，在此有他的夏天別墅），他可以在此消磨長夏，寫書構思，難怪要得諾貝爾獎了。

波羅地海三國，皆為琥珀產地，早在來立陶宛前，住在拉脫維亞的小妹就已做過比較，很有經驗的告誡我們，立陶宛的琥珀價廉物美，而且又有著名的琥珀博物館，所以不要「亂買」，要到了立陶宛再談購物之事。

一路被導遊追趕，自然也沒時間「瞎拼」(shopping)，到了立陶宛，別的可以不管，琥珀可不能錯過。對於琥珀，今人只知其在珠寶上的價值，卻鮮少人知曉早在西元一世紀時，羅馬史學家泰西突斯就描寫過琥珀治病的事實。

進入了琥珀博物館，才真正了解「稀世之寶」的意義。琥珀通常要經千萬年才能凝聚而成，內有松脂、昆蟲，晶瑩剔透，令人愛不釋手。想想看，千萬年的時光，多少的時空壓縮積集，難怪有治病神效。古代羅馬、埃及人用來治病，和今人講究磁場、地氣的靈異也不謀而合。反正有益無害，況且又價廉物美，琥珀海岸的寶石，又稱日光之石，戴了令人心曠神怡，趕忙掏出錢包，買回去分贈親友。

位於沙洲北端，如今已成為立陶宛人度假勝地的克來佩達(Klaipeda)，也是令人難忘的城市，不論是否有度假心情，一走入大街，兩排大樹，滿街音樂，然後在小攤上買一筒冰淇淋，邊走邊吃，可以確定的是，我們五姐妹全走回了童年。不同的是，小時候吵吵鬧鬧，如今是嘻嘻哈哈，多麼難得，有多少兄弟姐妹長大了還玩在一起？一起乘郵輪玩加勒比海，也一起長途飛越，玩歐洲，又玩波羅地海三國，年年安排一起度假的快樂！

不過，玩遍了波海三國之後，我們都有一個共同的結論，走遍世界，其實故鄉的風光也不輸人，臺灣山靈水秀，東海岸之美，玉山、合歡山、阿里山之雄偉秀麗，我們已決定，下次聚會，就在臺灣，我們從世界各地回家。

暢遊波羅地海三國，又遊俄羅斯聖彼得堡，在大小國間，看盡了新舊的歷史轉換，也感受到了大小國間的政治變化，「行萬里路，勝讀萬卷書」，旅行給予我們的，除了湖光山色、人文景觀外，更重要的是內心版圖的拓展，古人開疆拓土，以地大國強稱霸，今人科技飛躍猛進，已全成了地球村的公民，國大不如心大，有包容性的民族，有高瞻遠矚的政府，就是人類的幸福。

小而美的深義，正是如此。

立陶宛小檔案——

面積：六萬五千三百平方公里。

人口：三百七十萬。

首都：維紐斯。

語言：立陶宛語。

年收入：一千六百六十五美元（三小國中最低）。

失業率：百分之六。

希望的源頭——我們在沙洞中發現的

「閉上你的眼睛，想著你的愛人、親人，你的愛會從心源源流出。」導遊莉雅說。我們全閉上眼睛，食指摸著冷冷的沙，在黑暗中想著心愛的人和親朋好友。

「然後在地上找一粒石子，握在手中。」莉雅又吩咐著。「緊握著，等走到外面後，我會向大家解說。」

我們全照做了，虔誠而安靜的默默進行著。

洞內很黑，蠟燭又重新點燃了，照亮在曲徑彎延，冰冷的沙洞中。這是拉脫維亞的首都里加西區的庫德加一處沙洞穴，據說，此洞有著神奇的魔力，人們從各處來求取愛、希望與精力的補給。

我們從立陶宛回里加的途中，正好路過庫德加，大家下車伸伸腿活動一下筋骨，也找尋一些愛、希望與精力的補充。不論中外古今、富貴貧困，有誰能拒絕愛、希望和精力呢？像陽光與空氣一樣，我們永遠企望的精神食糧，不就是愛和希望以及精力嗎？

洞穴約有四十公里長，全是人工挖掘而成，由於洞內沙質細白柔軟，早年曾被挖去做為工業玻璃等各種原料。洞穴內氣溫永遠保持在攝氏八度，所以鮮花歷久不謝，可以保存三個月不凋。我們隨著導遊魚貫而入時，在一處陷入的石壁中，擺著鮮花與燭光，這是愛的源處，我們許了願，又彎身在細沙中找尋小石子後，繼續前行。

洞內很黑，也不如桂林的石洞壯觀，更沒有遼寧本溪的石灰窯有水可以行船。不過，這小小的沙洞中，經過童話般的裝扮，是經營者的巧思創舉。

「看那小石床，戀愛中的男女正好躺在上面，它會帶給新婚的愛侶許多好運。」導遊莉雅往前行時不停的說著故事。她彷彿是天生的文學家，出口成章。

「現在，我們到了希望和幸福的源頭。」在一處凹凸有致，佈滿鮮花的天庭中停下來，舉著燭光的手，圍過來，大家吹熄了燭光，我們又用手指摸著冰冰的牆。

「把頭抬得高高地，閉上眼睛，看到了什麼色彩？紅？藍？黃？紫？」導遊莉雅輕聲說著。

黑暗與沈靜中，飛翔的雲彩，繽紛的從天空中撒下，有人說：

「我看到了藍色。」

「我看到了紅色。」

「我看到了紫色。」

我的天空五顏六色，還有不停增加的色彩。導遊的聲音，柔和的在黑暗中流動著。

「紅色？啊！你有夢。」

「藍色？你會追求到一切。」

「紫色？你將雲遊四海。」

我的顏色太多，不知該挑那一種顏色問我的希望源頭？

昂首閉目中，像童年仰天望星辰，流動的星座有著夢和憧憬，海闊天空不受拘限的雲彩。美麗的人生，彩色的雲端，有夢才有希望。像魔術師一般，富有創意的導遊，把我們帶入了童年，帶入了寬廣的空間。

我們繼續前行——

「脫下鞋子。」導遊說著，大家已用赤裸的腳，踩在冰冷而細柔的沙上。「這是精力能源的所在，」莉雅說著，指著洞內石縫中，形狀如椅的石頭，細聲解說著。「坐上去，你渾身的疲勞會全消失，精力會從坐處貫穿全身。」精力，誰不想得到？我趕快坐上去，金銀財富會散失，只有人的精力可以任你揮灑自如，去追求夢，滿足理想，創造生命。

大家從洞穴中走出來後，人人神清氣爽。莉雅向每人手中展示的小石頭，說著不同的故事——「你會去旅行」、「你會富有」、「你會有好兒女」、「你有愛心」、「你會助人」、「你會好夢成真」。我站到她身旁，與她合拍了一張照片。

「我每天都在這裡，帶領大家入洞參觀，找尋愛、希望和精力。」導遊莉雅自然的笑著，回答著各種問題。

洞穴，其實沒有景色，精力與愛和希望的魔力，卻傳播四處，每天都有人群從各地前來求取精力，人人皆說神奇有效，經年累月流傳不息。

希望的源處，其實來自虔誠的心。

接近內在的心靈，靜默專注的沈思默想，在一條曲徑彎延的沙洞中，遠離凡世，接近自我，那神力重新活躍全身，有如生命的再次復甦。

我確實感到從未有過的快樂。

愛和希望，越分享越多，特寫下來分享讀者。

你從那裡來？

「嗯——那是一個很長的故事。」八歲的小外甥，又開始用他那純淨如海水般的眼神，熱切地回答著初次見面的人問他的話："Where are you come from?"（你從那裡來？）

外向而喜歡與大人交談的個性，使他在這聚集著來自世界各地人種的大遊輪上，快樂無比。遊輪在阿拉斯加海灣上行駛，大家飽食終日，除了看風景，就是無所事事。每天都有「大人」和他交朋友，他總是不負眾望，有問必答。而每當有人問他：「你從那裡來？」他也都不厭其煩的說著——

「嗯——那是很長的故事，我在瑞典出生，三歲時搬去拉脫維亞，我也在那上幼稚園和小學，然後我們又住臺灣，現在我和我的媽媽和阿姨們從洛杉磯來……」然後他會把他的阿姨們住在那一州，從那兒來一一向人介紹。孩子的天真和純稚令人愛煞。

「瑞瑞，下次有人問你從那裡來，你就說從臺灣來好了，不必說那麼長。」小妹婉言跟兒子說。

從小懂事又快樂的孩子，立刻就明白過來。「嗯，那我下次就告訴他們，我們現在住在臺灣，就說從臺灣來。」

我看著瑞瑞那漂亮的大眼睛，對他溫柔地點頭讚許。生長在外交工作人員的家庭，東遷西移難免對自己從那裡來難以一言說盡，他也使我忍不住想起了我們這些年來在海外，時常被問到的問題：「你從那裡來？」

初來時，住在學生宿舍，「你從那裡來？」幾乎是與人見面時的常用語。從你來的地方開始，別人才對你有了概念和認識。別人認識你是你後面那來自何方的背景，往往忽略了你所具備的特質。雖然這也是社交上的開場白，但年歲增長，見聞增多後，而英文聽力也越好時，那「你從那裡來？」問話中，我多少也聽出了絃外之音，多麼希望人們不要太在意外在的你，而只認識你這個人。

朋友的女兒，出身名校法律系，說得一口純正英語，有一次在一個全是白領階級的鄉村俱樂部中，有人問她：「你從那裡來？」

「我是本地人。」年輕的女律師笑著回答。

「那你怎麼也會說英語？」那人睜大著眼不罷休。

「我和你一樣在這兒出生，也在本地受教育。」

「可是你……」又有人問。差點要說出：「你的皮膚不是白的。」

「我的父母從臺灣來。」年輕的律師，神閒氣定的解了眾人疑惑。

當我聽到這個轉述的故事時，我彷彿也看到了那些好奇的眼神。

我喜歡瑞瑞的天真，從那裡來有什麼關係？反正，站在你眼前的我在跟你說話就是了，從說話中，我們就交上朋友了。我也喜歡朋友女兒的坦誠，雖然她心中自然明白那好奇的根源，那因為膚色，因為種族而固定的思維。但她不卑不亢不慍不火，笑著回答。那笑中有自信也有反問：「我從那裡來有什麼關係？」

化繁為簡，是生活簡單快樂之道，世界越來越小，交通四通八達，住在地球村的人，誰還分「你從那裡來？」更別提你是那一省那一縣那一個村莊小鎮？今晨電視播放新聞，芝加哥市長發動全市讀書會，大家一起閱讀《梅岡嶺的故事》(*To keel the Macking Bird*)。記者問他何以選上這本書？他說這是他從小喜愛的名著，尤其是人因種族想法不同而產生的裂痕，讓他更想推動共讀此書而有共識。他說了一句語重心長的話：「在一個多元化的時代，人有許多不同的想法和見解，有什麼關係呢？不同的人仍然可以合作，可以相處。這不正是美國建國的特色？」

不僅是美國，我想也是現代人應有的認知吧。

好山好水好風采

人真的是健忘的動物，年輕時，爬山郊遊是我們學生時代的休閒活動，臺北近郊、全省各地的好山好景，全是我們的足跡，那個時候，也會藉著與男朋友採集標本之便，遊戲與學業兼顧，真是修學分也不忘談戀愛。

海外旅居多年，這幾年常回國，但是匆匆來去，也只看到臺北繁華如錦，一座座高樓大廈，取代了山巒青坡，昔日泛舟吟唱的碧潭，已成淺溪，問起年輕的孩子：「碧潭好玩嗎？」「碧潭在那裡？」他們反問。我訝然無語，歲月流逝，已帶走了婉盈如翠的水聲。

這一年回臺，有較長時間停留，才又一一撿回昔日景色。臺北的好山好景，靜默如昔，任人欣賞駐足。清晨，行人絡繹不絕，沿途增加了一些人工設施，給予了登山者的方便，晨曦中，笑臉相迎，識與不識不必在乎，人與人的相關與相屬，在山坡與土階中踏實傳遞，溫暖相傳，與嘶喊叫囂的選舉文化迥然有別，自然也不同於聲光映像的喧譁與熱鬧。只有那時，在一步一腳印中，我感到回到故鄉的服貼與安然，臺北，藏在繁華後面的姣好面貌，尚未完全埋沒消失。多麼好，我可以慢慢品嘗回味。

走出臺北，景觀更加不同。青山依舊，綠水仍然，三十年前，徒步登高，在合歡山上嘗吃雪花的記憶如昨，第一次看到皚皚白雪時的印象，烙在心底，在海外幾十年的風雪都無法掩蓋。英雄出少年，不知在少年時的豪氣，是否與山林同在？

孩子們常年住在國外，飛機在花蓮上空時，他們已開始歡呼，到了天祥，更加雀躍，世界級的自然景觀，他們小時候遊過，參加劍潭夏令營時也來過，但是好山水，百看不厭。人會長大，山水深藏，不同的是，看時的心情，相望時的情境，在默然對望中，恆久的戀情，於是刻骨銘心，留駐心底。

故鄉不大，可是山明水秀，處處是奇景佳境，絕不亞於世界名勝，如此的好山好水怎能任人砍伐作踐？

輯三

友情

Friendship is love with understanding.

友情是愛中包含了解。

林先生在嗎？——懷念林海音

「林先生走了。」琦君姐告知我這消息時，我正坐在她家的客廳，欣賞著那三大本剪貼整齊的「故鄉之行」相本。她剛從大陸經臺北回美，我們住在美國一南一北，雖已通了多次電話，如今北上紐澤西親自拜訪，才有機會看到照片本上，剪貼整齊的故鄉之行紀錄。她在故鄉溫州，接受鄉親與學生包圍的盛況，神采奕奕的她接受訪問，與青年學生交談的熱烈，參觀她童年居住過的家園樓房，如今已改建為學校的故居，還有那一株她念念不忘的玉蘭花樹，也看到琦君文學館的成立，想起她時時惦念著的故鄉子弟，如今都在她多年的用心捐獻中，得有機會讀書學習，一償造福家鄉子弟的宿願。難怪已八十五歲的她，笑得滿臉粲然，欣喜之情溢於言表，連我們也分享到了這份快樂。

「還好我們見了面。」琦君姐接著說：「上個月我在臺北時，到醫院看她，她雖不說話，但緊緊握著我的手不放，當我附在她耳邊說過兩天再來看她時，她就手一摔，像她一向的作風，生氣了。她最不喜歡告別。」

兩位文壇知己，數十年的深交，是我一直羨慕的真摯友情，在我的寫作上都是最好的良師益友。聽到「林先生走了」，雖然知道這一天總是會來臨，但一時間，竟不知如何表達。

靜靜地聽著琦君姐述說，想到一向愛朋友、愛熱鬧的林先生，她是多麼不喜歡說再見啊！我停止翻閱照片本。冬日的陽光，正從窗外暖烘烘地照耀著客廳，照在擺放著的《林海音傳》的小茶几上。想念著林先生，心中滿是溫馨的回憶，她一向如陽光般，總給人快樂愉悅的感覺，她走了，心中不捨，但並不覺得她已離開我們。因為她的一生實在和她的人一樣光鮮明朗，一時間竟然和人天兩隔的死亡連不上來。

「林先生在嗎？」二十多年前，每一回到臺北，靜惠和我都會去純文學出版社拜訪林先生，當時位於重慶南路的純文學出版社，與位於小南門的書評書目社（如今已改名為洪建全基金會，並移址羅斯福路）相距不遠，靜惠和我從小愛看書，當年收集了女作家作品的《海燕集》一書中，全都是我們心儀的作家作品，對琦君和林海音更是崇拜不已。能與心儀已久的名作家相識，對我們兩人都是如獲至寶的珍貴之情。

那時，每到純文學出版社，最高興的是聽到林先生那一口悅耳又親切的國語：「我在啊，是那一位？」隨後從辦公室走出來，永遠光鮮美麗的林海音，把我們迎接到裡面坐著，看到她，聽到她自然而風趣的談話，實在是回臺北的一大享受。她的好客與熱誠，更讓我感動加感謝。每次我回臺，她必約文友相聚，並且還熱心地問我：「還有誰你想見？」她那時已是文壇大將，可是對年輕的作者，喜好文學的讀者，她都相待以誠，亦師亦友的風範，讓人點滴在心，銘記難忘。

第一次在林先生家作客是二十多年前的往事，如今仍歷歷在目。記得那次有——齊邦媛老師、琦君、羅蘭、薇薇夫人、余光中夫婦還有隱地、貴真、靜惠與我等全是文壇朋友。席間正巧林雲大師和三毛也來了，靜惠當時因著她公公的健康，也和三毛等人圍著林雲大師問長問短。我們幾位女作者，對三毛追問荷西的靈魂去向，沒太大興趣，都圍著林先生聽她說文壇趣事。林先生博聞多識，加上悅耳又風趣的京片子，像磁鐵般吸住周圍的人。那時我初次回國，能與這麼多文壇同好歡聚，相較於海外獨自寫作的寂寞，真是天壤之別。更可貴的是林先生把那晚拍的照片，在我回美前就沖洗出來送我，我也一直保留著。後來我才知道她一向有「無皺紋拍照」的美譽，不僅把人拍得美，而且做事快速而有效率的她，拍了照也必定會把沖洗好的照片寄上。不拖泥帶水是她一向的作風。她最受不了女人的婆婆媽媽。所以我和靜惠也跟隨著許多文友都稱她「林先生」，她也欣然接受。

我至今還保存著一張小小的剪報，是有一年回臺時，林先生請客，我們在餐廳笑談的片段，被當時也在場的記者黃美惠發了花邊新聞。美惠那時任職聯合報與經濟日報，我們談得非常投緣。那天有潘人木、琦君、羅蘭、齊老師以及靜惠等多人歡聚。正好我在純文學出版社出版的《為妻的心路歷程》銷路不錯，每次回臺，林先生就說：「簡宛，你每次回來我都給你送錢來。」林先生做事乾脆俐落，帳目也是一清二楚。她不僅每次送版稅給我，還請我吃飯。那天因為談起那本書，所以話題就繞著自己身旁的另一半轉。誰都知道林先生行事作風明快俐落，富有大丈夫氣質，但是家庭是她一向的重心，她和專欄作家何凡的伉儷情深，家庭幸福，更是文壇人人稱羨。

林先生一向幽默，她說：「老伴老伴就是老是拌嘴的意思。」風趣的潘人木接著說：「可不是，人家說相看兩不厭，我們是相看兩不語。」眾人大笑。琦君接著說：「真是此時無聲勝有聲啊！」林先生說：「所以拌拌嘴也是現代人的閨房之樂，製造一些音響嘛！」潘人木笑說：「唉！李昂寫《殺夫》，可真大膽。老伴雖可惡，但是殺了他，也找不到比他更可愛的人，想想還是『拌』下去吧。」我們笑得東倒西歪。老一輩作家的開放情懷，至今難忘。

林先生編《純文學》雜誌時，我也常寄散文給她，敬業的她，不論作品採不採用，她都會寫信給我，她的坦蕩與誠懇，愛護後進的寬闊胸懷，是我一生要學習的楷模。誰說文人相輕？我愛用琦君的名言：「文人相親——相親相愛。」

最近幾年來，林先生為糖尿病所苦，這對嗜愛甜點與美食的她，真是一大挑戰。早年，瀟灑的她不太在意，但當身體漸漸不合作時，她不得不向現實低頭。一九九七年我在臺北時，曾幾次想去看她，電話中，仍是那一口悅耳的國語，只是有些無奈：「我不能吃好東西了，也不能請你吃飯了。」我說：「不吃飯沒關係，我來看您。」本來約好了竹君一起去看她，但是一向愛美的她，屆時卻說：「我不想有人來看我，你們不要來吧。」都是隨緣的人，好強如林先生者，生病是多麼無奈的事。我沒有堅持，在我記憶中，林先生永遠是那美麗光鮮的林海音。

「林先生在嗎？」我忍不住再問著。

「我在啊！」那悅耳的回應在耳邊響起。

我們不道別，對於一位人人懷念的作家，她永遠活在喜愛她的讀者心中。

想念您，林先生。願您安息。

美麗的三色堇

——寫給惠瓊

前院的花圃，又開滿了色彩繽紛的三色堇，每天早晨，打開大門，總是第一眼就看到那像是對著我微笑的花兒，在早春的陽光下，帶給我無限歡喜。那朵朵盛放的三色堇，全變成了你姣好的臉龐，在這花紅草綠的春日，帶著我的思念飛翔。

那年，也是春天，一場突如其來的大病，嚇壞了親友，你和維鈞開了近十小時的車，從賓州趕來看我。車上除了大包小包的食物外，竟是一排排五顏六色的三色堇和一把小鋤頭。

「我知道你愛種花，可是沒想到你這麼離不開花，連開長途車也帶著花旅行。」我取笑你。

「花是最好的良藥，天天看著它，你病很快就會好了。」

我坐在前廊，看著你和維鈞，在院子裡一棵棵地種下花苗。

「我最喜歡三色菫，容易種又容易長，不像那嬌滴滴的玫瑰花，太麻煩。」你一邊種著花，一邊向我解說：「以後每年冬天，你就種三色菫，到了春天，包你滿院子都是顏色。我是專程把春天的顏色帶來送你。」

我閉上眼，任淚水在眼中打滾，病後軟弱，親友們太多的體貼和關愛，常使我泫然。

你一向心細思巧，總是別出心栽（裁）地把你對朋友的愛放在第一位。還記得你花了好幾個月的時間，用陶土燒出的杯子，上面是我們結婚的老照片，周圍則是我每本書的封面，整個杯子充滿喜感，這樣別出心裁的結婚二十週年禮物，也只有你才想得到。

記得剛到美國那一年，你們住在費城，那時維鈞已完成學位，決定棄學從商，我們坐在你用木箱與醬油桶做成的椅子上，高談闊論至天明，年輕的心，志氣高昂，洋溢的熱情不曾被外面的寒風冰雪所冷卻。

在康乃爾大學讀書那幾年，每一個年假節日，都是你首先召集各方好友，到你家過節，有時大大小小好幾十人，從你家樓上到地下室全是笑聲，你總是輕輕鬆鬆地，張羅著大家吃喝，還說：「我們跑不開，只好勞動你們開長途車來聚會。」那時候，我們都還在寒窗苦讀，大家都明白，到了你家，別的不說，光是胡家莊特製的火山牛（大火炒牛肉）就令人垂涎，吃了還帶，每人都滿載而回。

畢業後我們由北南遷，在那各自埋首於事業拓展、兒女教養的生活中，聚會少了，幸好有電話，使我們不曾斷過聯絡，尤其我們兩家的孩子，年齡一路排下來，衣服玩具都可以共享交流。我們也在歲月的流轉中，很用心地捕捉一些浮光掠影。中文系出身的你，一向酷愛文學藝術，看書習畫外，又加上園藝，我們有談不完的人間樂事，生活的瑣事與人際的煩擾常在我們談笑間煙散。

那次南來之後，有一天，我們在電話中閒話家常，你用很平淡的口吻告訴我，你得了乳癌，「我一直很小心，每年都檢查，但是還是逃不過和母親與姐姐相似的命運。」為這突如其來的消息，我嚇得目瞪口呆，你在電話中，還安慰著我：「因為發現得早，不會太麻煩，你不要為我擔心，女兒還小，我不想讓她知道，不然她的童年太可憐，你們要為我保密。」

這個秘密，你守了近十年，為了緊守秘密，你也堅強地不讓病魔打倒，一直到女兒十四歲那年，你覺得她可以有勇氣面對了，才告知事實，你卻在女兒坦然面對後，向病魔繳械投降了。你撐了八年，我們都以為可以安然過關，卻沒想到一向嚴守著的堅強意志，瞬間全然崩潰解體。

還記得那年秋天，我們在北部開會，特地從費城轉機，你和維鈞與我們在費城小聚，你美麗如昔，還指著頭上假髮說：「現在不用為三千煩惱絲發愁了。」你已做完化學治療，情況相當穩定，你的心情很好，不失一貫的風趣，我們都相信你已脫離病魔，一心計畫著大伙一起旅遊。誰又想得到不到半年，就傳來你病情惡化的消息，那秋日小聚，竟是我們的最後一面。

得病後的你，不曾改變生活，為了年幼的女兒，你依然把自己打理得整潔光鮮，美麗的臉龐，容光煥發不讓病容奪去光彩。你一向好學，習畫練字也沒中斷。你的兩個孩子相距十歲，不同的學校活動，你也都盡力參與，「沒辦法，高齡產婦，一切全以女兒為主。」你玩笑地說。

餐館在你們用心的經營下，一家家分店成立，生意興隆，但是你從不顯耀自大。經濟好轉後，你就接二連三地把留在大陸的親人接濟來美，還全心投入援助位居中國城的天主教會。你一直關心教育，在你生病這些年來，你的話題不是有關自己的病情，也不是抱怨病痛與折磨，而是教會裡貧苦的孩子。你捐錢建屋，「他們連一間像樣的教室也沒有。」當過老師，關心教育，讓你無暇想及自己的病痛，只在偶爾的談話中，你洩漏化學治療的不適，「你們不要打電話給我，也不要來看我，我身體舒服了就會找你們。」

也許是你不曾把病痛掛在嘴上，而身體狀況好轉時，維鈞總是帶著你各處旅行，朋友們也就信以為真地，以為還有許許多多的日子可以相處共遊，所以當那個四月的黃昏，電話中，維鈞告訴我你已解脫的消息時，我心中還不相信，還存著可以與你見一面的希望。

我們未免都太灑脫天真，以為天地能任我們安排使喚，以為等孩子大些時，我們可以一起遨遊四海。

維鈞把你所有的畫作給我看時，我才完整地看到了你這些年的努力。看到你最後一張畫的簽名，只有一隻眼睛時，我的淚水已如滂沱雨下。那是一九九六年的三月，距你去世不到一個月，那時癌細胞已擴散到你的大腦，你的雙眼已疼得無法睜開，維鈞告訴我，你仍然作畫，用的是那僅存的，微弱的右眼。

去年二月，維鈞帶著你的照片，參加我們生命隊在夏威夷的聚會時，大家是多麼地內疚，這群相交相知近四十年，讓你魂牽夢繞地念著要再一起遊山玩水，像當年我們徒步走到合歡山頂，大喊「生命」的生命隊老友，你每在化療後，身體比較舒服的時候，就有電話問著：「生命隊什麼時候再聚會？」你心裡也許已有預感去日無多，要趕快再一起聚聚。我們卻想著你已度過八年，應已安然無恙。

我們總是相信生命無涯，以為有太多的明天可以揮霍。

你走後，喚醒了我們——

生命有盡頭，人生有殘缺。我們再不能予取予求，以為一切都可等待。

我們必須把每天都當做是一件禮物，一個恩賜。

維鈞用心良苦，你走後四年來，捐地捐錢，讓你的宿願得償。在費城的天主教堂，他捐地建造了孩子們學習的教室、用膳的餐廳，還有打球讀書的場地，他把對你的愛和思念，化成了大愛，惠及了你一向關懷的孩子們。我們——你念著愛著也常罵著的老友們，也把這一份思念化成奉獻，明年將有更多的孩子享受你的禮物。

願你在天上可以安息。
感謝你把春天的顏色灑滿人間，像那美麗的三色堇，盛放在四月的大地。

又是中秋時節

日子在忙碌中幾乎忘了月圓月缺，一直到月餅上市了才感到時序的更換，又是中秋時節。現在的月餅包裝精美又有各種不同口味，有甜有鹹，還有用蒸的，可說創意十足。我一向喜好甜食，但是面對著這麼多美味的月餅，卻怎麼也吃不出當年，出國十多年後，第一次回到家鄉時，所吃到的月餅美味難忘。

今日美國各地，華人與日俱增，東方食品應有盡有，想起三十年前為了想吃月餅，常常要費好大的功夫，才能滿足心中小小的願望，多半的時候，是從臺北航空寄來，已經在路上流浪許久的「愛的包裹」，再看到那貼得滿滿的昂貴郵資，不論月餅好不好吃，早心疼得恨不得把郵票也吃進去才「撈本」。

那時我們在康乃爾大學做學生，康大位居綺色佳，是距離紐約市約五小時車程的小城，朋友從紐約中國城回來，若是帶回豆腐糕點等唐貨，一通電話，冰天雪地的半夜也會趕去分享。月餅是可望不可及的美夢。在忙碌的求學生活中，我往往把這份情懷埋在心裡，中秋節頂多在校園散步賞月，在晚風中想像著月餅的滋味，默念著「但願人長久，千里共嬋娟」來慶祝。

母親心疼我們位居「邊陲」地區，幾乎年年都寄月餅來美國，問題是當年包裝技術太差，現在看起來很普遍的真空包裝尚未問世，郵局也還沒快遞服務，月餅到了美國，往往已經發霉變味。跟母親提過多次，她仍然年年不厭其煩的寄來「遠方的關愛」，直到我們說要回家過節了才暫停。

那年是一九八二年吧！我們從英國的牛津開完了會，繞了半個地球，經過泰國、香港，特地趕回臺北過中秋節。本來美國東岸與英國，只隔著一個大西洋，來回七小時飛程就可到達，然而為了那久違了的月餅，我們捨近求遠飛了三十多小時，幾乎繞了半個地球，才趕上中秋月夜到家，在出國十三年後，第一次享受月圓人圓的中秋月餅。

未出國前，每年中秋節，我們都會在號稱中和第一高峰的陽臺祭祖拜月。全家圍坐在小木凳上吃月餅，聽父親談古說今。父親幽默風趣、妙語如珠，我們一邊吃月餅一邊剝文旦，聽父親打開話匣子，我們小孩子也一起跟著海闊天空各自編著故事。海外的歲月，特別是到了月圓的中秋時候，兒時全家共度中秋的記憶就如泉湧般來到眼前，直到父親去世之後，我年年夢到的父親，也都是這副中秋賞月的景象。也許父親的生日與中秋節太接近，夢中醒來翻閱日曆，千真萬確都是在父親生日那天出現，天上人間，想來也是父女連心。

眼前仍清晰地記得那年，母親知道我們第一次要回來過節，早就興奮的忙碌著，弟妹們不用吩咐，大家早早就期待著這個大團圓，各自表演拿手好菜要餵養我這個海外遊子。兒時玩伴春雪送來了我最愛吃的柴梳餅（酥皮月餅）——我朝思暮想的臺式月餅。小時候常常假借幫她烤月餅看爐灶的機會，分享一些賣不出去的次等餅吃，那在當年真是人間美味，也常在思念之中。春雪的父母仍開著餅店，隨著社會繁榮，店面已擴大好幾倍，早婚的她也已兒女成群。吃著她送來的月餅，香酥甜潤，入口即化，那與航空寄來在路上「漂泊」多時的月餅，真不可同日而言，對月餅的鍾情更加深厚。

那次回臺，不僅嚐遍了臺式、廣式、酥皮與厚餡的各種月餅，意猶未盡，還特地去學做月餅並且帶回了月餅模子。年輕的歲月，學習的心，那裡想到做出來的餅，永遠及不上故鄉的地道，自然也少了相聚時歡樂的芳香。

今年曾經回臺小住，昔日風光一時的舊居陽臺，已在周圍新建的高樓大廈中失去風采，小河與綠野也在起飛的城市中消失得無影無蹤。居留臺北的日子，朋友熱情相送，我卻在新起的高樓大廈間迷失了方向，怎麼也找不到回家的路途。

故鄉阡陌不再，物換星移中，月圓月缺，只有在中秋月明時，吃著月餅，想著往事，讓點點滴滴存在心裡的記憶，來到眼前，在這忙碌的歲月中，也因此保有了內心深處的溫柔。

長存心底

燕子去了有再來的時候；楊柳枯了有再青的時候，……聰明的，你告訴我，我們的日子，為什麼一去不復返呢？

——朱自清

老二在德國工作，成日在汽車設計與英文德文中生活，卻沒說中文的機會，難得他有心，唯恐中文忘了，要我給他寄些中文讀物，選了幾篇現代文選，包括朱自清先生的這篇〈匆匆〉，我也因此再次閱讀，雖然時間久遠，卻彷彿又回到初讀這篇文章時的感受。

對於從小愛看書的人，對文字有一種特殊的情懷，我甚至每看到一篇喜愛的文章，都會出現閱讀時的場景，當時的人與物全來到跟前。讀朱自清的散文是在剛上初一的年齡，鄉下的孩子，擠在一群來自臺北各校的精英中，躲在那最高學府的趾高氣揚後面，我的迷失與徬徨，我的憂鬱與善感，只有在閱讀時才會找到出路。在一大堆英數理化的沈重課業壓力下，也只有國文和音樂是我心之所鍾。

在當時有限的課外讀物中，報紙也是我每日的精神寄託，家中訂了《新生報》與《徵信新聞》（《中國時報》前身）。早晨第一件事是讀報，父親看頭版，我看副刊，後來有了漫畫後，父親也愛上漫畫，他要我記下他的幽默靈感，還邀請過漫畫家張英超先生作畫，兩人合作了幾幅作品後，因彼此都太忙而作罷。我從小養成的閱讀習慣，根深蒂固地長在心裡，也幸好有這個習慣，在國外三十年，如果沒有閱讀相伴，不能想像日子會是如何的空白迷惑。

記得當年國文老師曾經問大家：「燕子去了有再來的時候，楊柳枯了有再青的時候，那麼，誰能回答，我們的日子到那裡去了呢？」沒有人敢回答。我記得自己曾在心中喃喃自語：「留在心裡。」當時沒有人能聽到，我也沒有信心大聲地回答。

童年已遠，青春不再，人到中年，甚至中年也將過之後，成千上萬的日子流逝，但是每想起陳年往事，留在記憶深處的，只有閱讀的歡欣。是閱讀讓我串連過去，也是閱讀讓我一塊塊地把心中的拼圖湊成。

我們的日子那裡去了？

也許我現在可以大聲地說「是我們讀過愛過的文字。」幸好有這些文字，串連了我們心與心的疏離，留下了共同的回憶，「使我們的生活長存在心底。」

對於愛讀與寫的人，讀和寫，並不為什麼，只因為心中的一份與人相通相連的情懷，我從不懷疑這份情懷會因時空的更換而悄然消失。因為在每人心中都有各自的拼圖。這個拼圖，也許就是我們的生活縮影，我們綿延相繼的生命。

高興，曾經好動、曾經浮躁的孩子，會從閱讀中成長成熟，想著每天上下班，迎著萊茵河旁的晨曦與落日，在火車上握書展讀或閉目沈思，日復一日納入心中的，是他從閱讀中，自己塑造的生活圖案，而不是別人為他拼湊的藍圖。

忘年交

郵箱中有一個小包包，打開來竟是琦君姐送給我的生日禮物，一支精巧的名筆，一時間竟有很深的感動，不僅僅是那精緻的禮物，更多的是那一份情意，想著在北國的寒風中，尤其又深為腿疾所苦，仍然不忘傳遞她的溫情暖意，怎不令我感動？這就是琦君姐的性格，時時關懷別人。她在信上還寫著，等著你用這支筆寫文章，在報上見了。

「報上見」是琦君姐的特有發明，她勤於寫信，但又不願給人壓力，所以總在信末加上一句：「不必急著回信，我們報上見。」這些年來，受到她的鼓勵，許多文友也就提筆寫信，更進而寫作，我每有文章刊出，琦君姐也必定剪下寄來。由於我住的地方，報紙來得較慢，都是她的剪報先到，過幾天才收到報紙，這份十多年來不變的情意，加上她寫在剪報上密密的讚美和批注，總是使我深受鼓勵，有一份知音之遇的感動。

說起生日，也是有一段有趣的故事。記得是多年前吧，我們一起參加北美作家協會在紐約舉辦的大會，大家提到生日，正巧琦君姐、喻麗清與我，三人的生日都在廿四日，只是月份不同，細心的琦君姐就是記住了，每年到了我們的生日，總不忘給予我們祝福，這份對朋友的真誠和體貼之心，實在是人間少有的禮物，也是我的福氣。

人與人之間的相識，有時真是一份情緣，和琦君姐也正是有緣，從認識至今也已將有廿年的交誼了。記得是我們剛搬來北卡州不久，我回臺灣在臺北林海音先生家作客，見到許多文友，大家都惦念著琦君姐，因為她才開過刀，又剛到美國，人生地不熟，隱地當即給我琦君姐在美國的地址，我一回到家，立即去信邀請她有空來玩，正巧，當時沉櫻女士也住在附近，很快的，我們三人就見面了。

從小我就愛讀琦君作品，初中時，她的作品，尤其是《琴心》，不知被我讀了多少次，對於自己一向心儀的作家，敬愛之心自然流露，何況，她比家母年長，照理應該叫阿姨，可是相見之後，有說有笑，早已忘了我們之間原本該有的代溝。由於她的作品我全讀過，自然早已心靈相通，她也告訴我曾經有人誤把我的文章以為是她的作品，更使我深感榮幸，我想握筆的人共同的好處是省去了人與人之間的距離和客套，這份由相識而相知的情緣，使我們建立了如師亦友，如母似姐的深厚感情。

前幾年，我們每年總有機會見面，不是她來北卡與文友相聚，為我們談詩說詞，就是我北上探望她和李大哥，即使不見面，我們也每週通電話，尤其是在寫作上，突然一句詩詞想不起來了，一個電話過去，琦君姐一定是知無不言，言無不盡，總給我滿意的答覆。她對國學與詩詞的知識淵博，讓我受益匪淺，但是鮮為外人所知的是，除了寫作，她能燒得一手好菜，所以每有精心調製的新菜出籠，我必有福分享，即使吃不到，但是能在電話中說說，也是一大樂事，由於我們兩人都不討厭做家事，尤其是新菜，說到得意時，也會興起合寫食譜的念頭，只是兩人住得不近，這個心願還沒能付諸實現。

今年是我的多事之年，喪母之痛未癒，接著自己大病一場。才從病中康復，又逢北卡百年少有的風災，除了朋友們的支持外，琦君姐的友情是我的精神力量。讀著她寫母愛的文章，想念母親的情懷，感念親恩之心，句句深入我心，安撫了我心中的痛楚。當我臥病在床時，記起琦君姐贈我的古人詩句：「因病得閒殊不惡，安心是藥更無方。」知我者琦君姐，因為蘇東坡是我最喜愛的詞人，以他的詞句贈我，自然最為有效。我也就在「安心是藥更無方」中，很快痊癒。

手撫著精巧的筆，我想像著她和李大哥，在初冬的寒氣中，冒著冷風，為此還得跑一趟郵局，多麼令我不安。這使我憶及十二歲那年，得到生平第一支名筆，那是參加東方少年作文比賽的獎品，那支筆給我很大信心，我一直用到大學畢業，伴著我通過了許多考試，也給了我許多鼓勵。如今雖已年過半百，不必考試，也不必趕功課，但受到鼓勵時，還是很溫暖，很感動。古人有云：人生難得一知己。我有此良師益友，夫復何求？

記憶裡的香味

二〇〇一年的尾聲，坐在巴黎名叫「狗尾」的餐廳，因為主人太愛狗，取了這個奇怪的名字，又因為菜做得好，總是座無虛席。兒子點了一客法國菜——桔皮鴨子，然後很感性的說：「好久沒吃媽媽的啤酒鴨了。」

「你不是也會做嗎？」我問他。

「不一樣。」他回答：「我做了好幾次，味道就是和媽媽做的不一樣。」

是什麼不一樣呢？我沒問他。

看著兒子，低著頭吃鴨子，想到他一個人在歐洲工作，也許是在想家時有那麼一份香味從記憶中緩緩流出，是無法從歐洲的鴨子上聞到的吧！

「每人記憶中都有的香味。」不論兒子懂不懂，也許是我對食物始終有一種特殊的情懷。多年繚繞於心的不就是這思念的香味？

特別是到了過年的時候。

剛到美國那些年，每到年節，最想念的就是全家人圍坐大圓桌的歡樂。從小生長在大家庭，吃飯一向是十人以上的快樂場面，從來就沒有兩人對坐小碟小菜的單調情景。所以在海外這些年，每到年節，總不忘與朋友們相偕共度，即使當年課業繁重或如今雜事忙碌，但相聚餐敘，卻是從不省略的「大事」。

其實我不是貪吃的人，更談不上美食者，對於「吃」，留在胃中的少，留在心中的多。「吃」也不僅僅是為了營養，更多的是一種情懷。食物在準備的過程中，有一種分享和創造的情愫，常常牽引著我的眼耳心脾等各種感覺。出國這麼多年，可是一到過年，記憶深處，永遠浮現著童年鄉下家中磨年糕、做年菜的「香味」，那樣的氣氛，鮮明的映照著家人忙著準備過年的專注，每想起童年時，就讓我感到生活中的安詳和恬適，那香味，始終沈澱在記憶中，和著這種安詳恬適，我在國外這麼多年，尋覓難忘的歲月沈沙，竟然就是這份記憶深處的芬芳。

每想到年菜，我就想到嬸婆，她是我們家的總管，由於祖母早逝，她就像是我的祖母般疼我。母親因忙著父親的業務，有關節慶及家人的生日，阿婆絕不會錯過，所以和弟弟妹妹們一談到過年，「頭碗菜」——阿婆的拿手菜就是我們的話題。吃起來不只是年菜，而是觸動了內心深處「每逢佳節倍思親」的心絃。

頭碗菜是阿婆的招牌菜，除了過年必吃外，從上小學起，每當我的生日，阿婆一定招來我的小朋友們，圍著滿滿一張圓桌，吃豬腳麵線和頭碗菜。現在想起來簡直不可思議，我們家其實並不崇洋，當年小孩子也不流行過生日，她請來我的小朋友們為我開生日宴，不外是太愛做菜請人分享。我們一群小女生，常常就圍著她，看她切切炒炒，忙得滿臉紅光，映著廚房的灶火，讓我一生難忘。這種愛與人分享的快樂，我從小就從阿婆那兒看到也學得。

頭碗菜的材料其實很簡單——包括大白菜、洋菜、蛋與肉絲。材料簡單做起來卻有竅門。蛋要打散了用大火炸成酥。白菜要先切成絲用大火炒軟，置入鋪有熟肉絲的大碗中，慢火蒸軟倒扣後加入蛋酥洋菜，加入高湯上桌，就是一道色香味俱全的佳餚。

比較起來長年菜容易多了，相信人人會做，尤其現代人講究少油多纖維，這道菜也是我最愛做的家常菜。過年時一定要吃，為的是長年吉祥如意，但是平時吃也很容易，尤其冬天時芥菜又肥又便宜。買一大棵洗淨後，撕成大片，用雞骨頭熬出的高湯一起燉，鮮美無比，是我這懶人的佳餚。

阿婆離開我們已有好幾年了，最後一次看到她時，她已躺在床上多年，完全不記得我了。只用手把玩著一截毛線。我握著那曾經善於烹調的雙手，感到生命正從她手中一點一滴地流失。

但是隨著歲月的流失，年復一年，那陣陣的年菜香味總是喚回了生命無法載走的親情。

車過綠色原野

車過綠色原野，一片迎睫而來的翠綠，如此清涼悅目，一時暑氣全消，我一直不停地讚嘆著，不捨得把眼睛從那片綠色中移轉，也忘了從身旁駛過的車輛，按著喇叭，彷彿是不耐我的慢車行駛。雖然我在美國開了二十多年的車，一時之間還以為又回到臺北的街頭，我在臺北始終不敢開車，怕的就是後面的車不耐煩的撳喇叭，幾時開始，美國開車也如此心煩氣躁了？可是根據經驗，在美國開車除非有狀況出現，否則不會隨便撳喇叭，我趕快把車停在路邊，才發現原來右邊的一個車胎漏氣了。人們按著喇叭想必要告訴我的就是這個原因吧？

停在路旁停車場，本想這下慘了，新車性能還不熟呢，趕快找出手冊參考，還好，設計簡單省事，心中巨石於是落地，一邊欣賞雲彩與樹林，一邊「監督」丈夫換車胎。

每一輛來往經過的車子，都會停下來問，可有什麼要幫忙之處？有些和我們開同樣車廠出品的車主，乾脆走下車，拿出工具要幫忙，早忘了這些熱心的開車族，一時之間，覺得天更藍，風更柔，想起北卡人愛自誇的豪語：如果上帝不是生在北卡，為何北卡的天空總是蔚藍？

剛從臺北回到美國時，美國中學校園中，青少年槍殺數起，我忍不住開始懷疑這崇尚自由民主的國家是否走過頭？這世界是否仍然亮麗可愛？朋友一向樂觀，他對我說：「你有沒有看到在校園慘劇發生時，那個用身子保護學生免受傷害的老師，那樣的義氣是人類相互關懷的天性。」朋友還告訴我，他有一次車燈壞了，竟然有人一路護送他到家。還有一年冬天下雪路滑，車子陷在雪地裡，許多人過來幫忙推動，那天正好是星期日，都是要上教堂的人，結果車子一滾動，濺了每人一身的雪泥，他連連致歉，大家卻毫不介意，看著他車子安然上路後才各自離去。

「你不要被太多的負面消息影響。」他說：「人間如果要有悲劇，我們應從悲劇中學到教訓，而不是被打擊崩潰。」

但是人確實會被宣傳影響，許多媒體的報導何嘗不是影響之一。以前的社會注重好人好事，現在的社會強調標新立異。好事看多了以為是活在人間天堂，壞事聽多了以為世界末日快來臨，過猶不及。現代人雖然多了選擇，也多了許多去蕪存菁的工作，這份選擇的智慧，還是要靠自己多想多看才能清明。

臺北住了一年，回到美國，也有朋友看到我時，關心的說：「我們真替你擔心。」

「擔心什麼？」我問。

「臺灣那麼亂。」他說，「天天有搶劫多可怕。」

「你看的是報導，我經歷的是生活，報導是片面，生活是具體，美國還不是有許多神經病的人，胡作非為，我們不也一樣過得快快活活？」

車過綠色原野，繁花玉樹，或枯枝敗葉，要放到心裡去的，是我們自己的選擇。

「我們不必把垃圾往心上堆，」我加了一句：「我們要用心生活。」

迷失在故鄉的星空下

站在夜幕深垂的臺北街頭，眼前的車，一部部地駛過，卻望不到來接我回家的車子。我歉疚地對著陪我等候的J說：「你先回去吧，這麼晚了。」

J看了我一眼，那意思很清楚的寫在臉上。

「就是怕你一個人坐計程車又迷了路，才要陪你等家人來接的。」

我很知趣地閉了嘴，接受了她的好意。怎麼會變得如此讓朋友不放心？在臺北誰不是手一招計程車一坐就走？

「可是萬一司機也和你一樣不熟悉路線，那深更半夜的你怎麼辦？」

在從臺中探訪災區返北的車上，J就記掛著。這當然都是因為我一再迷路的不良記錄。

這幾年，雖然年年回臺北，可是臺北改變太大，除了可數的幾條老路，迷路是常有的事。尤其是，一而再，再而三地，認不出回娘家的路之後，好友們開始對我認路的智商產生疑慮。

「你不是每次回臺北都住娘家嗎？」J問。

「我有時也住妹妹家。」我想減輕罪刑，試著找理由。

「但是住妹妹家也會回娘家吧？」

還是逃不過被盤問。

「怎會找不到回家的路？還是你從小長大的娘家喲。」

「連自己的娘家也認不得？」弟妹們知情後更是不敢相信的大叫著。

哎！真是情何以堪？

和J站在黑暗的街頭等車，不免又想著好幾次薇相送而迷路的事，如果她在，肯定又會送我回家，那是否又會再次迷路？

回臺北最開心的事，莫過於與好友相聚，每次都欲罷不能，聊天聊到很晚時，薇就很善體人意，開著她的紅跑車，把大家送回家。很有方向感，又從不虛情假意的薇，當初她要送我時，我還擔心她一個人要開好遠的路回家。可是當我推說著：「太遠了，我叫車子就好」時，她卻說：「順路的，中和到新店，隔鄰而已。」

我愛薇的坦率，她的認路本事大，加上我也真捨不得分手，從美國回一趟臺北多難得，能多聚聚也是好。於是開始了迷路的情節——

「記得那天，車子駛出了臺北東區，又過了福和橋，一切順利，兩人很得意，我絮絮地說起了小時候沒有公車時，從中和上一趟臺北的『大代誌』。那時要坐臺車（即人力車），又要渡船，那是很小很小的時候，後來有公路局車子後，我下了車，還不敢一個人過總統府的大馬路。因為很少上臺北，實在也很怕被車子壓死。」

薇大笑，「看不出你那麼土。」

是很土，中和是鄉下地方，永和一帶全是稻田，臺北彷彿是在很遠的大都市。上了初中後，最愛坐在公路局車子的最後一排，看著窗外水牛在耕田，農人戴著斗笠在田野工作。只有到了公園站下車時，要過總統府前的大馬路去學校，心情才開始沈重，想不通是不愛上學？還是怕過大馬路？

一路笑談著，沈迷在童年往事裡。突然薇問我：「現在該右轉還是左轉？」從回憶裡醒來，看看車窗外的永和夜市，車如流水，人潮不絕，永和，以前是叫秀朗的地方，多美的地名，現在已是近子夜的夜空下，熱鬧滾滾，秀麗不再，綠水消失。

「右轉吧？」我看看外面陌生的景象，這那是我小時候生長的地方？

那阡陌縱橫，處處是綠野溪流的鄉村，如今何處可尋？那林立的商店，閃亮的霓虹燈，沒有一樣曾在我的記憶深處出現過，即使弟弟擔心我迷路，一再指示著說，「看到加油站就右轉」，但是加油站到處都是，我怎會認得那一個才是正確？

最近這一次，我打心裡確定，再不會迷路了，可是我們還是在那人海車陣中，不知身在何方。我們三人，這次是三人了，東問西問，竟然還保持一副從容不亂的優雅。每次迷路迷得昏天黑地，事後想及，奇怪的是我們竟然都不慌不忙，好像從中還有不少樂趣。是沒什麼大不了的事，我相信薇的方向感，她彷佛對我也有信心——自己的娘家總應該會找到的。在時近午夜的老家市街，我們同心協力，竟然也都安然回到了家。事後我一直在想，如果發生在陌生的地方，譬如說，在美國某一處高速公路上，會如此坦然嗎？是因為在故鄉的土地上，在我從小生於斯長於斯的故鄉，我就如此有恃無恐？

故鄉其實已非昔日故鄉，也幾乎找不到一絲一毫我出國前的痕跡，除了親人，除了好友，鄉關何處？

我所恃的又是什麼？

不可否認，是友情和親情，使我活得不慌不忙，快樂又踏實的理由。是這份篤定的信心，當我們一再迷路一再不知何去何從時，竟然還能「優雅」地突破困境，找到回家的路。

有家可回是永遠令人振奮的事，而有朋友可依恃更是一生的福氣。

J送我上車後，我一直目送著她轉身消失在星夜的臺北街頭。

即使常迷路，我心中念念不忘的仍是回家的路。

即使迷失在黑暗的星空下，我也相信老家總是亮著燈在等我。

輯四

爱情

Loving heart is the beginning of all knowledge.

愛心是智慧之始。—

愛的故事
——情人節快樂

日曆還在一月裡，情人節的紅心和花朵已滿天飛，天寒地凍中，那熱情的字眼與花色是多麼地震撼人心，誰能拒絕愛情呢！不論老少，不論男女，更不論古今中外，愛情是恆久不變的話題啊！

安蘭德女士是美國著名的專欄作家，她總是三不五時刊登一些古老的愛情故事，年輕人的愛情，熱烈如火不足為奇，有許多結婚五六十年的老夫妻，他們甜蜜的愛情故事，雖然事過數十年，仍舊掩不住那動人的初戀情懷，讓人讀之才更加珍貴，彷彿也分享到了那份甜蜜，尤其在情人節的時候，更增加了許多愛的芬芳。

專欄中，有一位年近九十歲的老先生，回憶起當年與妻子一見鍾情的情景，仍然熱情洋溢，她寫著：「那是一個美麗的晚上，馬丁的樂隊正在演奏著〈我們相愛在今夜〉，我一抬頭，正好看到那張可愛的笑臉，我去請她跳舞，我整個晚上眼睛跟著她轉，一分鐘也沒離開她，我要了她的電話，從此難分難捨，幾次約會之後我們就結婚了。今年是我們六十年的結婚紀念日。記得我們結婚四十週年時，曾經回到相識的老地方慶祝，正巧馬丁的樂隊也在那裡演奏，我告訴了他四十年前的故事，他也很高興，又為我們演奏那首〈我們相愛在今夜〉的老歌，那確實太完美了，我們每年都不會忘記用〈我們相愛在今夜〉這首歌來慶祝這個可愛的日子。」

六十年，有多少夫妻能白頭偕老共同走過半世紀？在離婚率越來越高的今天社會，有不少怨偶彼此討厭，相互攻擊，早已忘了當年花前月下卿卿我我的甜蜜時光，也許愛也要時時提醒，我們東方人一向愛在心裡口難開，日久天長更是深不可測，如此說來，情人節的意義就不僅是年輕人的專利了，老夫老妻何妨也返老還童找回一下年輕時的羅曼蒂克，兩人享受情調一下，讓逐漸規律化的生活，有一點創意。像那位九十歲的老先生一樣，平凡中見出真情。

生活在美國的我們，變得不中不西，或是又中又西。中國春節要過，西洋節日也不錯過，情人節我們絕不會因為丈夫沒送玫瑰花而難過，但幾家好友一定會聚在一起，每年都不會錯過慶祝情人節的機會。今年情人節又正好與春節接近，早已排了一大串歡樂活動，我們都是「工作時用心工作，遊戲時努力遊戲」的信徒，大家都是結婚二三十年以上的老夫老妻，孩子們也都長大成人，我們也何妨偷閒學少年，享受一下生活給予我們的閒適自在！

愛的故事其實要自己創作，雖然不是每一個人都有〈我們相愛在今夜〉的情歌去回憶，但每對夫妻都有不同的愛之歌分享。也許因為人生有限，我們更要把握珍惜這眼前相處相守的時光。最深的愛其實就在最平凡的生活中，在最接近的兩人心裡。

愛在今夜，願天下眷屬都是有情人，永遠的良伴愛侶。

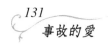

手做的情意

逢年過節，郵箱中常常會有遠方寄來的驚喜，有些是我一向喜愛的書，有些是久不見面的朋友贈送的合家歡照片，還有些是朋友手做的禮物，每一件拿在手中，都是暖烘烘的情意，讓我忘了冬日的陰霾，心中有如陽光普照的春日大地。

最令我感動的是每年都會收到琦君姐親手剪的「春」與「福」字，中間穿一根細細的紅絲線。琦君的散文膾炙人口老少皆愛，但是她的精緻女紅、剪紙手藝、烹調廚藝，卻是鮮為人知。一年中，我常有她寄來的驚喜，有時是放面紙的小珠包包，有時又是手勾的襪套。我們也愛在電話中談「吃」，說到得意處，她就說：「我們倆來合寫食譜吧！」可惜我們住得不近，只能電話中「話」談美食，若住得近，一定會完成這個心願，想到兩人一邊洗洗切切，一邊說說笑笑該多好玩！當然還有寫作上的問題，尤其是詩詞，她本身就是一部百科全書，有問必答呢！

我欣賞著剪紙，還有一條用毛線編織可掛在冰箱手把上的毛巾，那一針針勾起的花結，想起她病中全神貫注的為我編織這可愛的禮物，心中感動不已。她自從去年不慎跌傷了大腿骨，就受腿傷所苦。雖然開了刀，至今腳踝仍然無力，但是她從不抱怨，每次在電話中有說有笑，還不停的出點子，我如果要請客想不出菜色時，一通電話打過去，往往有滿意的結果。

母親雖然不在了，但是我在上一代的女性中學習到那令人敬佩的美德，也受到她們如母似姐的愛護。上一代的女性，溫暖平實，不論才華學歷多麼出色，很少顯耀招搖。她們的自信來自內在的溫柔而不是外在的名位。我的姨媽國際牌阿媽——洪游勉女士，今年已八十四歲，貴為公司董事長，但是最快樂的事是包粽子給我們吃。每次出車共遊，一定有大包小包，她親手烹調的美味食物。另一位八十多歲的張伯母，也是與我忘年之交，她本來是醫生，退休後來北卡依親，二十多年來，夏天種菜，冬天做年糕，平時有空學英文，從不說長道短。朋友全吃過她自家菜園種的苦瓜、絲瓜、空心菜，也吃過她烹調的紅豆年糕、蘿蔔糕。我嗜食糯米食物，但二十多年在海外，卻年年有伯母做的年糕吃，我也就忘了去學做年糕、包粽子這種傳統手藝。相較之下，我們這一代的女性遠不如母親那一代的女性安祥自在，年輕時常覺母親太謙卑、太沒有自己。如今才能體會她的包容，明白她笑說：「有你們就好了，要有自己做什麼？」的深厚情意。年歲越長越感到能包容忘我才是幸福。

孩子長大離家後，偶爾回來，我們做父母的莫不忙著表演廚藝，因為他們總是說：「家裡的菜最好吃。」為這一句窩心的話，我們永遠心甘情願洗手做羹湯。手做的情意最可貴，那是金錢買不到的古老情懷。

兩個故事

昨天與朋友聚會，聽到兩則完全不同的故事：

故事一：一位在幼稚園教書的年輕女老師，午休時間出外購物，當她正要開車回校上課時，有一位工人模樣的中年人請求搭便車。聽多了近年來常常發生的恐怖個案，年輕的女老師不敢輕易讓一個陌生人進入車子，但經不起此人苦苦哀求，說他若不能準時回去上班，就會受到革職的處分，一家人生活將陷入絕境等等。心軟的女老師只好讓他上車。車行至不遠處，此人即拿出刀子，命令她開到偏僻所在，拿走錢包，並令她把鑰匙給他。女老師又怕又急又氣，下車後，心有未甘，把鑰匙用力扔出，凶手怒不可遏，用刀刺了她兩下，才去找鑰匙，但遍尋不著。女老師帶傷躲在暗處，確定凶手已離去，才找出鑰匙，開車報警。

警察再三告誡，千萬不可讓陌生人搭便車。他甚至責怪年輕的女老師，怎麼愚蠢到讓陌生人搭車？惻隱之心人皆有之，「我只是想做一名好教徒。」女老師委屈的辯白。

故事二：我在讀研究所時的指導教授，她出門從不鎖門，頂多跟鄰居說一聲，她說是因為一生中影響她最大的是在非洲工作時的一次經歷，使她永遠懷著感恩的心，對人處世也都懷著信心，「若是為了一二個壞人，每天生活在懷疑中，不是對人類的污辱？」她總是如此反問大家。

她的故事，是四十年前的往事，說起來仍歷歷如現：「那是一個美麗的秋日午後，我們剛到非洲教英文，當時年輕又好奇，每天都與朋友到處郊遊。那天照樣，我們一路走著，欣賞著鄉間美好景色，卻越走越遠，才發現走入一個森林中，迷失了方向，怎麼走都走不出林子，心中越急，方向越弄不清楚，而天色漸漸暗下來，方圓之內，四處無人，在惶恐中等了好久，四周杳無人聲，我們兩個年輕的白種女子，處在全是黑人土著的國家，開始提心吊膽起來，後來終於來了一位當地土著，我們馬上如逢救星。此土著當即熱心要帶路，『可是你的方向和我們相反啊！』我們兩人驚魂甫定後，又開始懷疑起來，同聲回絕，並要求他指示方向即可。『這是我們本地的習俗，如果有人問路而不帶路，就不配做本地人。』土著一臉正經的說著，就往他來時的反方向走，我們只好依了他，一路跟著走了四十分鐘，才找到大路，如果沒有他帶路後果可想而知。土著確定一切安全後，立即回頭趕路，當我們要回報他的善心時，他堅拒不收，甚至連姓名也沒留下，因為他不會寫字，而我們只會比手劃腳說簡單的土話。」

「幾十年過去，我常常想到這個人。」我的教授說。「人性的本善應是不容懷疑的，他沒受過教育，也不懂外界的世界，但是他知道人是應該相互幫助的。我們當初還為他的過分熱心產生疑慮，真是小人之心，這件事使我下定決心從事國際教育工作，人與人之間往往因不了解而生誤解，我也做了研究探索人性，我相信人是應該相互信賴的。」

世界越來越進步，進步到可在網路上一目了然，只要坐在電腦前，真正是「秀才不出門能知天下事」。可是人的生活品質是否提高？人與人的關係是否比以前親近？四十年前的社會與今日是否已大異其趣。時光不能倒流，未來也變化莫測，世事人情以及價值觀都在日新月異，但是我們不能因怕被搶而足不出戶是千真萬確的事實。人能掌握的也是自己的心情，讓我們快快樂樂的生活，不過最重要的是先學會做抉擇。與其躲在角落裡唉聲嘆氣怪世風日下，不如多花些時間認清世界，只有學習能讓我們內心踏實，也只有學習能讓我們在日新月異的時代潮流中不致驚慌失措。

另一種愛

母親節的前一天，我正在書房看書，突然從窗外看到好幾部車子從車道上轉入，就停在家門口，我尚未來得及放下手中的書，丈夫已大聲地叫著：「咦！你約了人來家裡嗎？怎麼有那麼多車子停在我們家門口？」打開大門，只見到一群年輕的男女，有手中捧著花的，拿著氣球的，還有提著甜點與飲料的，浩浩蕩蕩地來到大門前——

「師母，母親節快樂。」

他們齊聲說著，一起湧入屋子，好像把窗外的陽光也全部帶入室內。頓時笑聲與叫嚷、花香、氣球以及青春的氣流在屋子裡跳躍旋轉。

他們大伙人首先占領了廚房：「師母，您不要忙，今天讓我們來表演。」

「我們常吃師母的菜，也該讓我們表現表現。」

我站在一旁早已感動得手足無措，眼淚差點要流出來了。

「哇塞！還有波霸奶茶。」有人興奮的叫著。

「還有酸梅湯。」

七嘴八舌中，他們已把食物放在檯子上，有三大盒冰淇淋，一大盒蛋糕，還有剛出爐的蛋塔。

年輕的魅力，足夠顛覆一室靜謐的空氣。

他們都是北卡州大的學生，由文貞和正杰率領，一起來我家慶祝母親節。丈夫一向喜歡與年輕人打成一片，過年過節也常約他們來家裡玩，剛從國內出來的學生，那種初次負笈他鄉的滋味，我們特別能體會。我們不也都是這樣走過來的？看到他們彷彿也看到當年的自己，只是時光飛逝，我們已不再意氣飛揚，當年牽扯的幼兒，早已展翅高飛，正是和這些孩子的年齡相若，與他們在一起有說有笑，就像是自己的孩子在身邊笑鬧，帶給我們許多歡樂。

德瑞莎修女說過：「我們雖做不了什麼大事，但可從小事中付出愛與關懷。」這是我深切感受到的福報。

我們一生中實在受過太多人的恩澤，尤其剛到國外那幾年，處處是溫暖的援手，當年少不更事，說不定受了惠也不知表達，只是牢牢地記在心中，年復一年，這份溫馨也在心中滋長，也找到了傳遞的出路。愛不就是這樣綿延不斷地傳遞下去嗎？

對於母親節的慶祝，近年來已隨著時代越來越廣泛，不僅限於自己的母親，也包括了親人長輩，甚至朋友師長，只要是關懷，有愛心，時在心中想念著，都是值得珍惜，也應該表達的情意。

世界越來越大，卻也使人與人的互動越來越頻繁，也許人人耳熟能詳的「老吾老以及人之老，幼吾幼以及人之幼」正是現代人避免冷漠與隔離的另一種愛的方式吧。

人間有愛

英國哲學家米勒曾經問過人：「你是願意做一隻快樂的豬呢？還是做痛苦的蘇格拉底？」我想人和動物不同的地方大概也就在此，快樂的豬沒有痛苦，不過願意做豬的人，恐怕也不多。理由很簡單，人類愛思考，愛反思，動物恐怕沒這些麻煩。蘇格拉底隨時思考人的尊嚴，人的意識，是使人類活出真誠，也是使人類向前追求的動力。

不過卻也有越來越多的人在反問著，人間到底有沒有真情，有沒有美好的事情？每天打開報章雜誌、電視廣播，都是一些聳人聽聞的事，殺人搶劫無所不在，出賣愛情大有人在，錢字邊上兩把刀，為了錢，多少人不顧尊嚴，人與人之間的愛到底還存不存在？是否因時代的變化而越來越淡、越來越薄？人類若有真情實愛，那到底在那裡呢？為什麼有那麼多不快樂的蘇格拉底，那還不如做一隻快樂的豬還好些。

這麼多問題，迷茫了人心，叫人無所適從，不錯，時代是變了，不是變得沒有人情沒有愛，而是因為我們人自己沒有跟著改變，社會仍在新舊之間掙扎，於是人有點失落，有點不知自己到那兒去了，社會也跟著紛亂，因為言行不能一致，政府也開始慌亂，因為問題不斷，若是如此，我們得先把自己找回來，讓我們內心先能清明安寧，然後做自己的選擇。

人，其實很複雜，人的內心波浪起伏，心理學家佛洛伊德花了多少心力，從事於人內心的行為探討，他曾經提到人內在的自我有三種：本我，自我，超我。簡單的說，初生的孩子，餓了哭，不開心時叫，非理性，很本能的一種衝動，可以說是本我的本型。可是慢慢長大了的孩子，受到父母管教，知道不能為所欲為，不能哭叫任性，自己就慢慢知道約束自己。再長大之後，受到道德的約束與規範，自我就越來越小，有時也因為太小而失去了自己，尤其在講究群體的社會，自我的存在與否，往往也就被忽略了。

怎樣去找回自我呢？父母的責任變成非常重要。幼小的孩子，不知天高地厚，與生俱來的本能，支使他的行為。他看到出生的妹妹或弟弟，不知輕重的用手打了他一下，爸爸媽媽看到了，非常生氣，忍不住罵他：「你怎麼可以這樣對待弟弟妹妹？」或者父母太生氣了也會打他。他原本只是好奇或想和小弟妹玩一玩，但是父母的責罵造成他的困擾或仇恨，他並沒學到正確的行為模式，他只學會大人發脾氣。父母忘了幼小的孩子，並不知道道理，如果父母能婉言告訴孩子，用手打人，侵犯別人，都是不對的行為，孩子不但學到父母的價值觀念，也學到父母的行為模式。

一九九七年，我在臺北住了一年，我觀察了許多家庭，幼小的孩子不是很小就交給菲律賓佣工，就是托給褓姆或托兒所，沒有人覺得這樣做有什麼不妥，不管是為了經濟因素或時尚所致，孩子在最重要的幼兒時期，交給了別人代管，一切的行為模式，說話口氣，甚至小小心靈的一些印象，都很可能與他的褓姆相似，我驚訝的發現，我們年輕的父母親，是如何用心在為孩子安排未來，學琴學畫，買最昂貴的玩具，選最好的學區。可是孩子的生活品質卻是如此不費心的隨便交給別人代管，實在令人費解。為了孩子的正常健康發展，我們一定要從小開始培養孩子的身心平衡發展，不能等到孩子長大，到了青少年時出了問題，然後才急於找專家解決，多半的時候，都已經太晚。

美國這一年半以來已有八起校園慘案，少年人動不動就動刀動槍。有心人士，早已看到了問題的核心，開始重新建立家庭觀念，許多人辭職回家，希望有更多時間與家人相處，陪伴兒女成長。唯有內心的踏實與自在，並且能自我掌握，才是真實的快樂，經過了長期的辛苦工作後，終於回到內心的自我，正合了愛的大師巴士卡力所言「愛是你把自己引向你內心的過程。」人也唯有明白了真愛，才能得到真愛。

我們常常談到競爭力，大家也都明白兒童是國家未來的主人翁，可是卻相互矛盾的背道而馳，沒有從自己的內在省思，也沒有從我們自己的文化與特性中找尋解答，與其高價請來專家學者演講，不如好好重建我們的家庭觀念，一場近千人的演講，真能把心靈改革？這只是一場表演罷了，「十年樹木，百年樹人」，我們老祖宗早已告訴我們這個事實，教育是需要愛心與耐心去灌溉，除此別無捷徑可走。

人間有無真愛？我從不懷疑愛心存在於人人心中，只是我們要用愛的教育把愛開發出來，而不是用競爭力把財力寫在臉上，這之中的差異和後果是顯而易見的。

我們息息相關

「你還來嗎？」九月中旬，達拉斯文友會會長謝素珠在電話那頭問著。

「我能不去嗎？我會不去嗎？」我回答著，也彷彿自問著。

九一一之後，好像世界都改觀了。許多人不再出門，更多人疑慮焦急，對搭飛機更是談「飛」色變。素珠心細，特別再打電話確定。可是日子必須往前走，尤其是在這種人心惶惶的情況下，我心中有一個堅定的響聲敲打著：「去吧，去吧！」

九月三十日，我和韓秀如約前往達拉斯文化中心。這是早就安排好的文學之約，如何能爽約？我也一直自問著，是什麼驅使我們勇往直前？在這人人心慌意亂的時候，我想到了我們彼此心中所共同懷抱的文學與寫作的熱忱，文學是我們之間的橋樑，通過文學，我們相聚，而寫作更讓我們感到息息相關。

於是，我以「相關」做了開場白——「資訊使人行動，但熱情使人相連。」

如果不是滿懷熱情，手中的這枝筆，怎麼可能三十年如一日不曾須臾分離？我看到了達拉斯文友會中，那一張張年輕而熱情的臉龐，那忙中擠出的讀書寫作的片刻，誰沒有該做必做、非做不可的生活責任？可是愛讀愛寫的人，硬是不眠不休地為文學、為寫作留下空間。

他們的熱忱，映照了三十年前的自己。時光倒流，三十年前，初抵康乃爾大學時的情景又回到了眼前。

抵達康乃爾大學那年，正是北國最酷寒的風雪天，刺骨的風，使剛從熱帶故鄉來到異域的興奮，全在冰雪中凝固。在新天地的新鮮中，有著排除不去的鄉愁，是在那種交織著鄉愁旅思、酸甜苦辣的困頓中，緊縮的內心，經過筆，像長了翅膀，開始海闊天空的飛翔。是手中的筆，為我舒平了起伏的情緒，也為我築起了與故鄉相連的橋樑。

書寫的自由，讓心靈的疆界消除了，能與自己的心靈對話，是一種真正的快樂。原本消沈悲傷地感到身處異鄉的漂泊，在日積月累的思考中，經由筆觸，內在視野拓寬了，吾筆寫吾心，在自由自在的思維中超越空間阻礙，而自由飛翔。

在與文友座談中，都是初次相會，可是卻似曾相識。

有人問我：「是否有漂泊感？在海外是否有流浪的感覺？」

海外的生活，空間大，人與人的距離也大，如果彼此不聞不問，疏離感就會趁虛而入，然而，當心有所屬時，卻也充滿著各種可能。

文學與寫作，就是這種可能的拓展。

在海外尤然。

流浪是什麼？如果那是你的選擇，流浪也是內心的旅遊，是成長中的必要行腳。如果你盯著傷口，你就不斷地感到疼痛，感到自憫。有人說文學反映人生，我卻覺得文學是讓你看到自己、看到生活，而後可以自由自在地體會生活。

是漂流文學也好，是主流文學也好，正如諾貝爾獎得主高行健先生所言：「不必什麼主義，什麼宣言。如果你愛寫就寫吧，愛讀就讀吧。」善哉斯言。

在達拉斯那天晚上，暢所欲言談得忘了時間的流逝，第二天，座談會也談到必須趕赴機場才散會。是什麼凝聚了這磁性？除了文學，除了寫作，還有什麼更好的解釋？

文友相聚座談的場合，卸下了人與人之間的客套與虛禮，心靈的交流順暢深刻，在資訊發達而忙碌的社會中，心靈之絃往往被深埋封閉，也只有在這種交流中，敏銳的觸角，才有相互碰觸著共鳴的火花出現。在日升日落的規律中，在喧囂熱鬧的噪音中，讓心中的鼓聲釋出，為生活創造一點音響，抹上幾筆色彩，做為一個握筆的人，心靈柔軟自由，手中的筆就成了最好的橋樑。

在資訊發達的今天，促使行動迅速有效，人人自顧不暇。只有心中的熱忱，才能使人相連，使我們息息相關。

如果文學與寫作是我們心中的火苗，握筆的人就不會寒冷孤獨。因為我們息息相關。

母親何價？

《聖經》曾說：「上帝因為不能照顧到每一個人，所以創造了母親。」美國羅斯福總統也說過：「一位有智慧的好母親，比一位能幹而成功的公職人員，對社會的貢獻更大。」然而說歸說，在一個以經濟、金錢為主流的社會，肉眼看不到的頭銜與成就，更鮮為人重視。母親的價值，在只見秋毫之末，而不見輿薪的工業社會，就是最好的例子。

做過《紐約時報》及《財星雜誌》記者的安克天頓，用她的經濟專業，深入調查，寫了一本厚達三百多頁的書——《母親的價值》，讀之令人感慨。為什麼世界上最重要的工作，卻是最低工資甚至無薪的收入？她提出疑問，並以金錢的收入來計算母親的價值，確實使許多徬徨於事業與家庭的婦女，更慌亂不安，不知何去何從。

她在書中舉了許多實例，陳述了這個全世界最重要的工作，卻有最不合理的工資（以她的經濟價值計算）。母親的職責至少包括十七項——從養兒育女到食衣住行、清洗煮燙、處理家庭財務，解決家中大小之疑難雜事等，有時還得扮演心理醫生、啦啦隊長。根據作者統計，母親的年薪只有508.70元，還不包括退休金、健康保險和其他福利。她例舉一位曾任公司副總裁的女主管，婚後因不捨得幼兒送進托兒所，而辭職在家，專心扮演全職母親。有一天與丈夫出席一個聚會，被問起職業時，她提到是在家養育兒女，人們的反應都是：「太好了，那是很重要的事。」但是，整個晚上，在宴會中就再也沒人跟她討論任何嚴肅的話題。

作者也提出有些女人寧可去做公司的清潔工，也不願在家照顧自己的兒女，因為女工有假期、有保險，還有退休金。如果有一天婚姻破裂，或丈夫有外遇，生活至少有保障，不會流浪街頭。

書中也用轟動一時的通用公司個案為例，當位高權重的丈夫，與結婚二十多年的妻子訴請離婚時，妻子要求一半的財產權，理由是二十多年來，丈夫的事業有一半是她幫他建立的，包括在家養兒育女，使他無後顧之憂，安排宴客，使他人事公關圓融，照顧親友，處理家事，還幫他分愁解悶……，她不服只有百分之二十的產權，雖然那已是一筆大數目。經過數審不屈不撓的堅持之後，終於勝訴，她把所得賠償悉數捐給婦女團體。

這使我想起不久前在本地《觀察報》上看到一則新聞，一位在保險業高薪的主管，服侍他臥病二十多年的妻子，從四十歲到至今六十出頭，當妻子的行動已越來越退化，不僅必須靠輪椅，連大小便也要人扶助時，他每天仍高高興興地為她換洗打扮，推她出門，為她唱歌，有人問他何以能如此不知厭倦？他的回答叫人動容：「我可以請人服侍她，而且有保險代付款，但那是用錢買來的人工，我給她的是我的愛情，我們二十歲時一見鍾情，她為我持家養兒育女，給我一個美好的家庭生活，這一切都不是金錢能買到的。」

當愛與情義都在時，那學理和計算就不會那麼清晰地時時在心中出現。結婚，有人戲稱是女人昏了頭才結婚，男人何嘗不是也昏了頭？如果每人都在心中背著一個算盤，開公司可以帳目清楚，錙銖必計，在一個家庭，若斤斤計較，恐怕夫妻爭執干戈難免。

生活在今日，好要更好，大要更大，日新月異的物質文明中，那一件事不用金錢來衡量？華屋大院，名車遊艇，肉眼能見的都是令人目迷神馳的引誘，面對著奶瓶尿布，杯盤衣褲，寂寞的家居生活，有多少受過教育，有理想有雄心的婦女，會安心在家養兒育女？越來越多的青少年問題，冰凍三尺已非一日之寒，母親的地位，在一切講求功利的社會，沒有社會的尊敬與提升，恐怕也會使越來越多的婦女卻步。

相對於歐洲諸國，美國在立法上，確實對家庭之婦女與母親的重要性掉以輕心，即使古老的東方，皇上也得向母后叩頭，母親的地位，不容質疑，絕對是受到社會的尊重與肯定。十多年前我在芬蘭旅行時，我的芬蘭朋友就已告訴我，根據調查，孩子最好的照顧者是母親，為此政府決定付款給在家照顧兒女的雙親之一（父或母）。因為可以防止青少年問題的出現，未雨綢繆。本書作者也提出西歐各國的立法與社會福利，不僅是對母親的保障，也改善育幼院、托兒所的品質，讓婦女在家或上班，在金錢與人情上都有更大的空間做抉擇。

母親何價？這是一個見仁見智的問題，也可能永遠沒有解答。因為有些東西不是金錢能買到，要討論價格，不免就要論斤稱兩。情深義重的母愛，是否能用升量斗衡？輿薪或鴻毛，端視各人之價值觀念而定。

感恩的日子

每年十一月的第四個星期四，是美國的感恩節，在這一個節日裡，家庭團聚，遠遊的親人趕回家共度佳節，有如我們傳統的過年。由於聖誕節的宗教意味較重，許多不同宗教信仰的人未必會慶祝聖誕節，譬如猶太教、摩門教或佛教徒，聖誕節對於他們來說就沒有基督徒重要。所以感恩節不僅是家人團聚，也是接待朋友，伸出援手，尤其是無家可歸的人，各慈善機構也每年都有熱食招待，是一個溫馨的節日，比較沒有宗教種族色彩。

美國感恩節的來源，大約來自於早年的清教徒，從英國以及歐洲各國移民來美國開始，由於不諳農事，得自於當地印地安人之幫助指導而豐收，於是在收成之後，為了表示感謝，而宴請當地居民，並感謝上帝的恩澤。這富有人情與感恩的情懷，逐漸超越了宗教的意味，而每年在秋收之後舉行。但是美國地大，族裔複雜，各州都有各自的宗教習俗，因此感恩節也各行其是，並沒有一定的日子。一直到美國獨立之後，華盛頓總統才統一確定十一月的第四個星期四為感恩節。然而美國是一個民族的大熔爐，各有各的節日要慶祝，各有自己的祖先與宗教要膜拜，一直到大約一八五五年左右，才從北方各州慢慢傳到南方，而全美也才有了共同的感恩節。幸好從華盛頓、林肯以及各任總統，都沒有強制執行，因為族裔的不同，文化的傳統有別，若當年華盛頓總統以法令強制執行，而不顧各州反應與相互尊重，即使達到目的最後也是會引起反感的。

感恩節在美國是大日子，也是各族裔逐漸認同各自的傳統，配合當地文化而傳遞下來的共同節日。每年從十月過了萬聖節之後，全美就進入了節慶的活動，在一個以商業為主的社會，最明顯的當然是商業活動，市場上火雞大批供應，價廉物美之外還有許多選擇，各百貨公司也同時推出了購物促銷熱潮，每天大減價大拍賣的廣告厚厚一大疊，家人朋友送禮的習俗，越來越盛，所以車陣人潮都造成了熱鬧的氣勢，也很像我們過年時街頭巷尾肩踵相接的擁擠。不同的是，因為大家吃火雞，所以火雞以及其他物價便宜，不像我們年節時物價上漲，難為了老百姓。

記得我第一年到美國時，根本不知道感恩節這個節日的由來，學校教授請我們去過節，滿滿一屋子的學生，真難為了女主人，我們初來乍到也不懂帶個菜減少女主人負擔，大家都像蝗蟲一般，足足有廿多人，幸好有廿磅重大火雞，才足夠這麼多人大吃大喝。美國菜簡單，同去的中國同學還有人嫌不好吃。一直到我自己也做了女主人，也請學生來過節時，我才深深感到這份心意厚重。當年年少，不知有沒有寫謝卡表示心中的感謝，只是我學會了這份愛和關懷，在感恩節時也不忘接待遠方來求學的遊子，讓他們也有在家過年的溫暖。回首來時路，我們受過許多人的幫助和鼓勵，我們也照樣傳遞給新來乍到的人，這也是感恩節的深厚意義，人間的愛就像是火苗，不停的傳遞下去，只要火苗不滅，人間就有溫暖和希望的火炬照耀大地。

輯五

世間情

If the world seems cold to you. Light a fire to warm it.

你如覺得這世界太冷，燃火使它暖起來。

口紅與三圍之外

——從《麥考兒雜誌》的沒落談起

是巧合還是時機不再，就在婦女節的前夕，《華盛頓郵報》宣佈，享有一百二十五年悠久歷史的《麥考兒雜誌》將結束營業。這個曾經擁有千百萬訂戶的女性雜誌，終於敵不過時代的考驗，向屬於它的年代道別。

對於這樣的改變，我並不驚訝，只是有些個人的感受。時代在不斷地向前走，一個純以婦女為主的家庭婦女雜誌，若沒有創新與拓展，它的沒落，正好也代表了一個在日新月異的時代中，不進則退的原理。更深一層而言，更反映了婦女在口紅與三圍之外的廣闊世界。一個有完整人格，有思考能力的婦女，她所關心的應不僅僅是外表，不僅僅是華屋美食而已。二十一世紀的女性，應有更大的空間留給自己，也充實自己。

七〇年代前後來美留學的人，想必都看過《麥考兒雜誌》，用過麥考兒的紙樣縫製過衣服。那時我也剛好初到美國，一位相識多年的美國朋友，立即訂了一年的《麥考兒雜誌》和《生活雜誌》相贈，她要我入鄉隨俗，了解美國文化。所以對這個以婦女時裝起家的雜誌，從一八七六年起，僅以四頁婦女時裝顧問開始，到變成風行一時的時裝紙樣，以及成了全美多數婦女的讀物，我都有些了解。不過，我到美國那時，麥考兒已是家喻戶曉的暢銷雜誌。它以中產階級的家庭主婦為主，標榜著賢妻良母的居家女人形象，廣告都是美女俊男與熠熠紅星，更多是化妝品與五花十色的衣著時尚，雜誌的言論引導著婦女穿著，當然也影響到許許多多婦女的思維。

初抵美國的新奇之後，我有更多的機會接觸到不同的讀物，七〇年代初年的美國，婦運正在此起彼落地進行著，領袖之一的貝蒂佛瑞坦在六〇年代初期（好像是一九五六年起），也曾被《麥考兒雜誌》僱為自由撰稿人，她以自身及在史密斯大學時代女同學間的境遇為主，描述了受過高等教育的她們，對於只當家庭主婦而學無所用的頹喪和無奈，藉筆抒懷大作文章。這篇她用心作了研究的專文，與當時主流社會與雜誌社標榜的中產家庭婦女大異其趣，立即受到麥考兒雜誌社封殺，其他的婦女雜誌也不採用。她一怒之下，專心寫書，也就是她那本著名的《女性迷思》的雛型。

由於住在一個擁有全美十大圖書館之一的校園內，我閱讀的胃口，自然不是一本《麥考兒雜誌》可以滿足，在知識的大海中，可以自由選擇，自由翻閱的環境中，書本一直是解我鄉愁，拓展內在與滿足求知慾的良伴。圖書館是我出國後一見鍾情的情人。我最難忘初抵康乃爾大學的歲月，期待著週末的來臨，摒棄了家事幼兒，走過滿地的落葉或白雪，迫不及待的奔到了圖書館。站在一排排的書架前，心中狂喜，向站在書架上的群書作者一一問好。我甚至熬夜選課，為了滿足心中那從未有過的學習之樂。我太了解美國主婦那別無選擇，困守在郊外華屋中的貝蒂佛瑞坦和她的女同學心境。如果她們能發揮所受教育，如果她們在居家或工作有所選擇，如果《麥考兒雜誌》和當時的社會不是那麼僵硬保守，如果……，也許今天會是不同的局面。

人，是否需要從逆流中，反思頓悟，而產生力量？從困境中脫穎而出的是另一位婦運的領袖——歌羅麗雅史坦寧。她也曾被《麥考兒雜誌》延請為主編，但被她拒絕了，理由是「口紅有什麼好寫的？」她直指由化妝品廣告與女性外表所主導的雜誌，太難改變，亦非她個人能力及理想所屬。對於喜愛思考與求知的人，一本只談女性形象與化妝、衣著、華屋美食，或名人影星的種種八卦，自然不對胃口。於是在一九七二年，她與友人創辦了與《麥考兒雜誌》迥然不同的《女性雜誌》。標榜著女性的自主與獨立。雜誌毀譽參半，但至少她選擇了自己想做也愛做的事業，對於婦運的推動自然有所貢獻。

《麥考兒雜誌》的銷路下跌，其實是意料中之事，美國這些年來，一些老字號的大企業，不斷在求新求變，那些墨守成規的，大都危機重重。就好像是被一個過重過大的堅固殼子緊緊包住，翻身不得。其實，人，不也是如此？有人說年紀越大的人越保守頑固，正是被太多既定成俗的老習慣困住而懶於改變之故。

三十年的歲月流逝，美國女性的視野，早已由口紅與三圍、床單與窗簾、中產階級的郊外華屋，拓展到外面的世界。現在年輕的婦女，早已和她們的媽媽們大不相同，她們可以帶著奶娃娃上班，帶著幼兒出差開會，社會與公司都盡力配合。這些改變與更新，也經過許多的掙扎與妥協，這之間的代價與付出，自然是見仁見智，各有不同觀點。但是有一點是不爭的事實，現在的女性，有較多的選擇。人生一有可以迴轉選擇的餘地，當然比一成不變的生活，有更多樂趣。現在的女性，比起她們的上一代，也許更辛苦，因為要內外兼顧，但是如果是她們的選擇，再苦也是心甘情願。一個人，如果不能拓展內在視野，吸收外界新知，內心難免封閉，內在與外界的隔閡，也因此造成了不平衡的性格。

美國家喻戶曉的暢銷雜誌，改手換人，不僅意味著女性意識的提高，同時也象徵著那洋娃娃似的「有臉無腦」的女性形象，已被淘汰。想起這一陣子，國內接二連三的婦女自殺案件，但是在媒體廣告中，卻仍然刊登著隆乳與拉皮的大幅照片，甚至還有餐廳以裸體的女性做廣告，橫陳在餐桌的身上放著生魚片，任人挾食。這個所謂懷石日本料理的廣告噱頭，讓人不能卒讀。時代已進入二十一世紀，也許他山之石可以攻錯，正是有良知的社會及媒體，該好好深思的時候。企業學大師湯姆彼德士(Tom Peters)曾說：「一個能善用女性才華的公司，才有開拓發展的希望。」同樣的道理，唯有「能尊重女性的社會，才有祥和健康的下一代。」

從災難中走出來

八月中旬為《國際牌阿媽的故事》新書發表會回臺時，在短暫的停留中，有機會參加行政院新聞局所主辦的臺中縣重建成果參訪，感謝靜娟的邀約，我才有機會目睹走出悲情，積極努力的鄉親，在一年中的建設成果。

兩部大巴士，車上全是文藝界與新聞界的朋友，不論識與不識，不少人是從名字中認出的，每人手中的筆就是一座最好的橋，隔著時空，串連了我們。

去年，在天搖地動中，九二一的大地震，震撼了天地。一夕之間，多少人無家可歸。隔著山隔著水，在域外的他鄉，我們也感受到了那家破人亡的災變，從報導中，我看到了那驚慌無助的小臉，看到了從土堆中拉出的屍體，我彷彿又回到了童年時對地震的驚慌，童稚心中埋著的恐懼陰影又出現在眼前。

這個地震，比起我童年的震災更為嚴重，當年那場大地震，雖是幾十年前的往事，我很驚訝地發現，竟仍如此清晰地烙印在心中。當時年紀太小，膽小又怕死，只記得地震來得驚天動地，父親一再告誡我們要躲在大書桌底下，那桌子是用很厚的木頭做成，非常堅固，當時我們家是全村唯一的鋼筋水泥房子，不少村人都跑來躲在一起，在沒有電視，媒體也不發達的時代，只是聽大人談論著，「人就這樣沒有了」、「房子就這樣不見了」、「哎呀，這個大地震會把我們都埋在地下了」。嚇得年幼的我們，渾身顫抖，對於死亡的恐懼，對於命運的變數，因不了解而充滿了迷惑與惡夢似地驚慌。

是不是童年中，對災難的恐懼，對幼年時躲警報的慌亂，我們這一代的孩子比較傾向悲觀？比較膽怯消沈？這是我出國學了教育心理學之後常常想到的問題。

站在斷橋下，看著九二一大地震之後的傷痕——河川改道變形，土石流的跡象仍掛在山坡上，災難後的土崩地裂，大多雖已在重建中修復，但是震撼後的痕跡仍清晰地映現著。我隨著大家走在豐原碑豐斷橋下，看到石岡水壩變形的河床，參觀重建的成果時，看到了故鄉巨變後，積極勇敢的走出悲情的人們，然而，重建之後埋在每一個受難者心靈深處的傷痕，尤其是幼小兒童的心靈重建，是我時時關心著的主題。

到達東勢馨園一村組合屋參觀時，是午後時分，夏日的火傘高張，但是沒有人喊熱，不僅因馨園組合屋的周圍有一排排綠樹，可以擋日遮陽，也因為看到一家家擠在八坪或十二坪大小的小屋中安分認命的同胞。他們曾經有過的房舍公寓全成了廢土殘地，許許多多珍貴財產與生命也在一夕間化成煙土。

天災，是難以預測的大地怒吼。是那一個自大的人說的——「人定勝天」的誑語？

我們參觀了臨時搭成的活動中心，裡面有成排的書架，架上有各界贈送的書籍，也有不少童書與音樂CD片，更有不少宗教與心理學的勵志書。「我們真是非常感謝政府與各界的支援，不過我們還是要自己站起來才是辦法，太多的照顧，恐怕會造成依賴與懶惰的習性。」

我看著那黝黑而年輕的臉，娓娓道來，「我自己有兩個就學的兒女，還有老父要照顧，只有像今天這樣的週末，我才能清理房子種種花草，還有機會和你們說說話。」這樣能言善道，想必是公推的發言人吧？

「我們很愛看你們所寫的散文書，政府與宗教團體不斷地援助和贈送書籍，讓我們很感恩。」他停了半晌又說：「可惜沒有太多的時間看那些大部頭的書。」

後悔忘了帶幾本小書來送他們。

文學與藝術，都是療傷止痛的良方。臺中詩人縣長最了解這個哲理。

我們彎著腰，走入那一間間組合屋時，我心裡感到微微不安，這樣地打擾他們，可是他們卻一副日子會越過越好的知足。主人一再地謙稱屋子很小，只有十二坪，「抱歉沒有茶水招待你們。」還一一介紹著小小的兩間房間，「這就是我們一家人的住處。」其間還有狹窄的廚廁浴室，以及排列整潔的家庭用品。

「人總得靠自己才站得起來。」這樣鏗鏘有聲的話，是來自從一場生死大難中生還的人口中，令人肅然起敬。我看著門口空地上的小菜圃，有蔬菜和幾株小花，在小小的土地中，迎著日光，欣欣向榮。

生活在安定富裕的環境中，很難想像曾經擁有又失去一切的傷痛，也很少會想到天災人禍的意外災害，居安思危的古訓，早已不在現代人的心中。在多元化的文明生活裡，處處充滿著熱鬧與多彩多姿的繽紛，喧鬧的周遭，不免淹蓋了清明的心境，我深深感到，人，只有從喧譁中返回自然，才能找到解答。

就以我所居住的城市為例，曾經入選為美國最宜居住的城市之一，我在此生活了二十多年，深以那四季分明氣候宜人為豪，這幾年來也不斷有風災水患，今年年初還有百年來的大風雪，我們雖不在災區，但是大地之怒，帶來的是錐心之痛，悲體同顏，誰能無痛？痛定思痛，正是大地教給我們謙恭卑微的機會。人，只有尊重大自然，與大自然和平共處，才能有天人合一的和諧生活。

從大風大雨中，心靈彷彿有受到洗禮後的清淨明亮。

九二一地震匆匆即將一年，在人們的心中也許會慢慢淡忘。不錯，人，總得靠自己才站得起來，但是有人拉拔有人相援，那站起來的勇氣就更加強大。我關心的其實不僅是屋舍重建的成果，我更關心的是那深埋在心底的創傷，尤其是年幼或青春期的孩子，因巨變中的悲痛，而對人生產生了消沈灰色的看法，當家長忙於生計而無暇顧及，當一家人擠在小小的組合屋中，獨自仰望星辰，小心靈中不免迷惑困擾，不知生命的巨掌，會將他們推向何方？

療傷止痛需要長長的時日，讓我們不要忘記，在講求速食文化的今天，教育的腳步緩慢，但卻是源遠流長的源處。

祝福從災難中重建的家園，希望在注重人文素質的臺中縣長——也是詩人廖永來先生領導下，走出陰霾，安居樂業。

祝福

時序已經走到了歲末，再過幾天就是新年了。這一年過得特別快，也許人過了中年，歲月突然加快腳步，開始奔馳起來，讓人追都追不上。才記得綠芽初綻的春日，轉眼竟是楓紅如焚的秋，如今花凋葉落，滿街的節慶裝飾，點燃了星空，不論是否心理有所準備，轉眼間，這一年已到了尾聲。

小時候盼望著過年的情懷，隨著年齡增長而淡化，然而，每到年底，遠方近處傳來的親友信息，仍是令人期盼著的佳音。活在這忙碌的年代，在講求個人與自我的社會中，大家都忙著各自的生活，追逐著各自的理想，然而人性中相互關懷的情懷，在一年將盡的時候，也隨著節慶的來臨而甦醒，在以商業掛帥的物質社會，買禮物送親友，表達心意傳遞情懷，變成了現代人的習俗，偶爾在播放著聖誕歌曲、肩踵相接的購物中心，看到大賣拼採購的人潮，也是節慶的一景。過節的方式有很多種，有人在節慶中，大包小包扮演著聖誕老人，發送禮物，也有人伸出雙手，行善佈施，有人與親友團聚，也有人旅遊玩樂，各有選擇。

母親在世時，總在歲末時，親至養老院與育幼院探訪老人與孩子，給每一個人一個紅包。她悄悄做了好多年，從不張揚，只當是一件她覺得有意義的事做。「能給就是福」是她常說的話，對於我和弟妹們的影響很大。人性中伸手相扶的需求，其實也是人類走向更完整的人格中必經之路。節慶的意義，應也是人與人間相互關懷的情意傳遞，在越來越忙碌的生活步調中，換一種姿態，調整一下腳步，也是在一年將盡之際，做一個省思。

前幾天讀到一個真實故事——一個出生在破碎家庭的孩子，因為得不到父母的愛，從十二歲開始就四處遊蕩。他急需朋友，找尋關懷，但是沒人注意他，他為非作歹不外是想引人注意，但是連學校也不能容他。十六歲那年，終因偷竊入獄，在獄中有一位定時探監的女孩，使他感到被關愛的溫暖。這個曾經被遺棄的女孩也是因受到別人的鼓舞而活下來，她當義工定時探訪監獄，是為了人性中那點與人相連的需求。出獄後兩人結婚，兩個寂寞的人，終於找到了愛，飄浮的心才有了著落。

寂寞其實並不只在逢年過節中叩訪，也不只圍繞在老邁與傷殘中，人人在生活中都有被侵襲的時候，只是有人能伸手相扶，有人卻築牆孤立。

現代人的疏離常在各自忙碌中滋長，即使家人親友間，被寂寞吞噬著的人，已有越來越多的跡象。一年一度送禮問候顯然不夠，人類需要愛與關懷的天性，在歲寒年末的節慶中，更加顯著。我偶爾在購物中心的人潮中，觀看著忙碌的人群，也聽著識與不識的人閒聊：「這一年一度的瘋狂採購，真叫人吃不消，勞民傷財外加費時費心。」聽後忍不住在想，我們其實不需要很多衣物，也吃不下太多山珍海味，與其花那麼多時間瞎拼購物，何不花一點時間，與家人朋友團聚談心。物質的滿足並不能保證永久的快樂，內心的空虛更無法從購買中填補。達賴喇嘛曾提到：「人若太過重視俗世中的利害得失，同時也就忽視了人性中樸實的真理。」

世事紛紜不定，未來也無人能預知，我們能做的也只是掌握小小的自我，能化繁為簡，能保持清明，年復一年，我們對自己許願，為世人祈福，願愛與關懷是人生不變的真理。

國王的內褲

著名童話家安徒生著名的童話故事——《國王的新衣》，家喻戶曉，想必大家都讀過，不過在廿世紀末的今天，國王的新衣已不流行，大家比較感與趣的是國王的內褲，特別是美國的國王——柯林頓先生。

柯林頓總統喜歡和普羅大眾交談，也從不擺架子採高姿態，記得他上任不久，曾有一個電視節目特地安排他與一群青年人的交談，話題無所不包，總統也無所不談，百無禁忌，最後有一名女孩子站起來發問：「請問總統先生你的內褲是三角褲還是四角褲？」總統也哈哈大笑毫不介意。上任以後，時時出現在大庭廣眾之間，或慢跑，或演說，或與老百姓握手，更多的時候是與某某女性沾衣扯帶不清不楚，讓他周圍的工作人員，忙得人仰馬翻，沒一天清閒的日子過。

窺視別人的隱私，特別是總統柯林頓先生的性生活，已成了全美國甚至於全世界的焦點所在。美國歷史上從沒有一位總統與緋聞如此密切相關，尤其是今年開春以來，大半年的光陰，大小媒體無不爭相報導總統的性事，事無鉅細幾乎都有詳盡描繪，難怪文學作品滯銷，這麼多花邊新聞，這麼多八卦的偷歡韻事，比坊間野史所包括的性、權力與欺騙更具吸引力，因為小說是虛構的，總統的緋聞卻是越說越精彩，並非全是捕風捉影的傳聞而已。

昨晚坐在電視機前，聽柯林頓總統向全國百姓公然認錯，承認與二十四歲的前白宮女實習生陸文士琪有染，七個多月來的掩飾、否認、找尋證據掩蓋等等到此水落石出，但已不知花了多少納稅人的公帑，而柯林頓總統一句「對不起」，對他的家人、國人，是否就可一筆勾銷不留任何傷痕？

誠實是美國立法立國的美德，總統有勇氣認錯當然精神可嘉，可惜晚了半年，浪費了過多人力、財力，而一國元首公然失信於人，掩耳盜鈴，雖然上任以來口口聲聲強調家庭的重要，卻不能控制自己的行為，難怪上行下效，一個社會風氣的形成，並非一朝一夕，美國有許多破碎的家庭，單親家庭也有增多之虞，道德日漸沈淪，冰凍三尺實非一日之寒。一個人的個性，往往影響人的一生，柯林頓總統，才智能力絕非一般人可比，然而寡人有疾，上任期內緋聞不斷，此次事件越鬧越大，是否保得住王位，還有待進一步證明。

美國來自於清教徒的道德精神，深植人心，而司法不容任何不實證據更是立國精神民主的根本，如果柯林頓有授意作假或不實之證據，連帶著翻舊案到他的白水事件，那他的地位就令人堪虞了。

這就是美國，他們一家三口，今天已出門度假，關起門來，吵翻天也沒人能管，但法律之前人人平等，是國王或百姓，沒人能遁其形。

春之邀約

北國的春夏，日長夜短，早上，你如果被從窗外射入的日光照醒，一向喜歡晚睡晚起的人，突然變成了早起的鳥兒，那你就知道春天來了。拉開窗簾，眼前是一片耀眼的色彩，驚覺春意已然充滿在每一個角落，讓人不能安份地守在屋內，坐在書桌前讀書寫作，大地在冬眠之後又充滿了生氣，正伸出雙手向你邀約，享受春日之宴。

美國的夏令時間，每年就在春夏之際，四月第一個週末，撥快一小時，美國東岸與臺北，正好十二小時之別。我們雖然失去了一小時的睡眠，白天卻好像多了好多時間，人們也精神抖擻，彷彿有用不完的精力，每家的前庭後院，都有在「拈花惹草」的園丁，忙著為大地換上春裝。

四季的更迭是大自然送給我們的禮物，有變化才有生意，有人忙著換季變裝，好好打扮自己，有人忙著做日光浴，有人急於去海灘玩水。也有不少的人，在冬眠了一季之後，開始報名參加各種活動，做義工，聽演講，選課充實自己。如果你還不知道做什麼好，我倒有一些建議，至少不要浪費了好春光，讓生命留白。

——到花市買一些可愛的花花草草，讓你忙碌的心回到自然，讓你的手接觸泥土。

——給你的玉足一點新鮮的感覺，到山上或郊外，脫下鞋子，赤腳走在草地上，或者把鞋子脫了，換上涼鞋，把指甲塗成和大地一樣的綠色。

——到左鄰右舍走一走，交一些朋友，做點義工，或到孩子的學校給小朋友唸故事，介紹古老的中華文化，讓孩子生活多面化，讓自己回到童年。

——早一小時起床，聽聽鳥叫，或泡杯熱茶，享受一日之始的清靜安寧。

——約三五好友小聚，談談看過的好書，聽過的好歌，或者一起去看場好電影。

——到寺廟或教堂靜坐沈思，讓忙碌的心思，可以沈澱。

不論你是做什麼決定，千萬不要坐著不動，不要一成不變，時光一去不復返，快樂是要自己去發現、去找尋。

我已經等不及在前院「拈花惹草」，每一個住在美國的人，都無法拒絕那方便又多彩多姿的花草，價廉物美之外，蒔花種草整理庭院還可健身減肥，我最近更發現農夫知足長樂也長命，勞心的人比勞力的人多愁，可惜握筆太久，積習難返，但是我也不忘多與泥土接近，花木有情，當不會怪我這晚來的覺悟。然而我也無法忍受只用四肢不用心思的過日子，為了平衡我執著難捨的讀書與寫作，除了種花種草，我也報名參加做義工，還為文學季的活動，忙得不亦樂乎，做自己愛做的事，從做事中得到生命的活力，享受到每一天每一刻的生活節奏，這也是我回應春之邀約的行動。

瞎拼的季節

十二月應該是一個充滿愛和溫馨的月份，信箱中有親友寄來的祝福，也寄上一份我們心中的懷念給遠方的親友，然而這份心靈的關懷曾幾何時已為商場競爭所淹沒。每年時序才進入十月底，各商家都已迫不及待地開始施展宣傳攻勢，在以商業主導的美國社會，聖誕節家人親友間相互送禮，不知幾時已成了一年一度的大熱賣，於是報紙每天都是厚厚一大疊廣告，各種優待券，加上百分之五十的減價俗賣，於是人人瘋狂購買，那種撿到便宜貨的快樂，讓消費者好像有不買會吃虧的損失感。

生活在美國這麼多年，自然也難免入鄉隨俗，孩子年幼時，包個禮物讓他們高興聖誕老人沒忘了他們，學校老師也都會教他們做卡片或手工藝品送給父母親友，我一直讓他們保持這份手做的情意，即使是一首小詩或一篇文章都有很特殊的意義，因為這都是用錢買不到的情意。

有人說美國是少年人的天堂，中年人的戰場，老年人的地獄，好像也有幾分真實。工作使許多親人分居各地，一年也難得相見幾次，於是平時疏於聯絡的親人，一年一度的聖誕節相聚送禮是許多人一年一度的團聚，尤其是正當忙碌於事業的兒女，無法照顧年老的父母，過年過節送禮或探望，也是全家大事，再忙也得擠出時間買禮物，表示關懷之心。於是從每年十一月開始，就有人打點全家大大小小的禮物，家家忙，商店更忙，因為過了聖誕節，禮物打開後，不合用，不滿意，全可以交換或退錢，一直要過了一月，然後就是減價，美國人大多利用這個時候添購自家日用品，也確實能撿到價廉物美的好東西。

利用金錢購買的禮物，有時不僅不合用，而且會成了累贅，尤其是已入風燭殘年的老人，他們從繁榮步入單純、簡單的生活中，左盼右等，等著一年一度的年節來臨，並非和小孩子一樣想要禮物，而是想與親人相處的溫情。美國著名專欄作家安蘭德女士，曾在她的專欄中重刊一則老故事：一位住在老人院的老人，過生日那天，穿戴整齊，一步也不敢離開房間，因為唯恐兒女來了找不到他，或電話響了沒人接，於是從日出等到日落，終於獨自過了一個無聲無息的生日。而事實上，他的兒女住在同一城市，只是忙碌使人健忘或冷漠。我每次讀到這篇文章，就心酸不已。

工商社會，物質供過於求，精神卻貧乏空虛，每到佳節倍思親，不僅是遠在他鄉的遊子，其實人人心靈深處都期待溫情。用金錢能買到的禮物已不稀奇，可貴的是用心的付出。今天我聽到一位朋友說，他已好多年不再瞎拼，買父母不需要的東西作聖誕禮物，相反的，他送父母的禮物是每個月陪兩老出去吃頓飯，看看畫展或聽音樂會，因為父母已年老不再開車，有他帶著出門，不僅心情上開朗，感覺上也親近許多。這一切都得用點心去安排計畫。幸好用心用情的人還是不少。

Shopping——瞎拼，中文翻譯真傳神，不論瞎拼或團圓，願大家平安快樂。

築橋不砌牆

築橋不砌牆

我一直喜歡橋。橋，能填補兩處距離，橋，也能使人接近。十多年前，當我讀了巴士卡力博士的《愛・生活與學習》一書時，我立即愛上了此書，並將之譯成中文介紹給國內讀者，多年來已發行百萬冊，至今仍有讀者來信告訴我此書對他們的影響。但是，真正受惠最大的是我，尤其是書中有一篇文字，我至今仍奉為座右銘——「是橋不是牆」。

作者對橋的定義是——

橋是填補兩處距離。

橋是通往阻礙的通道，
橋是溝通兩岸的孔道。

在書中並提到，要使人類活得更真誠、更簡單的方法，就是去築橋。他說人生有三座橋：第一座橋給自己——所有與人溝通的橋必須由自己伸出雙手去建造，才能與人聯繫。築一座橋給自己，把它伸長出來，這是力量的來處，也是助人的基本。

第二座橋要與人合作共同建造——發現彼此的共同點，因為對與錯，有時純為主觀。沒有兩個完全相同的個體，但是我們有許多共同點，從異中求同，從共同點出發，橋就逐漸成形。

第三座橋要用愛去建築——愛是一切的解答，我們相互尊重，也就建立了愛的基礎。人必自尊而後人尊之，我們各自遵守己位，也播下了彼此相愛的種籽。

愛是尊重不是占有，沒有尊重的愛，難免空洞虛偽，從愛與學習中，我看到了人類的希望，這些年來，不論遇到什麼事，書中的哲理是我依恃的根本。我也以這樣的心情，傳遞著我對人間的愛和希望。

雞同鴨講

化繁為簡一直是我們家的座右銘，凡事能簡化，能單純化，心中才能坦然無礙，也才能輕鬆愉快。

一九七七年創辦洛麗中文學校時，心中想到的是讓在美國生長的孩子們，可以和阿公阿媽說話聊天，不要因為語言的隔閡，使兩代之間有雞同鴨講的困惑。歲月流轉，我的心願沒有白費，看到中文學校由不到五十人擴大到兩百多人的學生，我看到有心人的努力和付出，也看到一代一代的學生從中學大學畢業後走入社會，身兼雙語與雙重文化的特長，處在多元文化的美國社會中，像是多添了一雙翅膀，欣喜於他們有展翅高飛的能力。

這些具有雙重文化背景的下一代，用的是英語，受的是美式教育，可是對華裔社會的關切與對主流社會的認知，在他們的心中占著同樣地位。前些日子參加一場演講與座談會——「亞裔在北卡州的歷史」，就是最好的例子。這些在美國出生的下一代，所組成的團體(NAAAP)——全是亞裔的年輕專業人員，他們來自全美各地，因工作關係聚集在北卡三角研究園區，這批年輕人，有律師、會計師、藥劑師，還有醫學與生化的人材，更有高科技的電腦專家，但是不論何行何業，當他們每月的第二個週末相聚時，他們通常會有一些主題分享，對主流社會的關心之外，還對自己祖先的歷史文化充滿好奇與好學之心，在這批青年才俊中，就有不少是當年中文學校的學生，有些幼年父母未曾堅持中文教育的孩子，還要求我再為他們開設中文與中華文化課程，以補助在這方面的不足。

誰說e世代的人冷漠無情？

語言本來是一種媒介，它可以是一座促進人與人間溝通的橋樑，但是也可能因語言的隔閡而杜絕相互了解，甚至產生仇恨，因此成了一道通不過的城牆。

丈夫是生在四川、長在臺灣的湖南人，他的臺語是在臺中一中上學時學的，所以和長在臺北的我們有不同的腔調，當年也曾為了省籍偏見，幾乎鬧出家庭革命，婚後母親卻處處偏袒他笨嘴笨舌的臺語，並且還教他唱臺灣歌，原因無他，因為他先伸出手，造了一座與人溝通的橋，有了相處與溝通之後，大家就有感情、有包容，一家人說著國臺語夾雜的家常話，倍感親切。

雞同鴨講或鴨同雞講都不妨，重要的是相互的尊重和包容，這是我們隨時都在學習的課程。

矯枉過正

上週末參加一個座談會，是基於人在海外心繫故鄉的關懷之情，對於來自故鄉的座談會，自然撥空前往。但是對於主辦者一路用臺語，並且在有人提出聽不懂時仍然不改初衷，顯然缺少了民主素養。如果這是一場同鄉聯誼會倒也罷了，但是既是有心讓人了解臺灣的處境，豈不是明顯地畫地為牢，困自己於小小圈圈中？

生活在美國，大家都有一個共識，凡是在一個社交或公開的場合，若有一人不諳對方語言，必須使用彼此共同能懂的語言。在講英語的國家，自然用英語，那麼在華僑聚集的場合，用華語是可以接受的事實。臺灣來的官員，用臺語演說是親切，但不合理，尤其是會場中，有客家人，有廣東人，有湖北人等。演講的目的是使人了解事實，明白講者的觀點和用意，當有人提出聽不懂時，還是堅持到底的使用方言，連一點最起碼的尊重都蕩然無存，又談什麼民主精神？

會中有人提出問題：「為何這樣的座談會，人數這樣少？大家不關心了嗎？」答案其實很簡單，因為語言的隔閡。也因此造成了狹隘的地域與省籍的偏見。當年獨尊一語而排除他言的專制已造成反彈，如今若又回到以牙還牙的心態，五十步與百步之差，有何進步可言？省籍情結和地域偏見，限制了寬廣的宏觀，當年國父如果堅持用廣東方言，革命會成功嗎？執政者若執著於狹隘的心態，誰又聽得見自由民主的呼籲？

有人辛苦播種傳薪，鋪路造橋，有人卻千方百計要焚橋築牆，把人與人之間的來往隔絕。

主流或支流，執政或在野，其實都會隨著時間與時代起伏流動。重要的是，個人在時代的潮流中，不要隨波逐流失去方向。巴士卡力曾說：「愛是你把自己引向你內心的過程。」我們唯有接近自我，才能找到安心立命的場所，也才能找到安寧快樂的源頭。

我是愛的信徒，唯有愛和尊重才是解決一切的根本。讓我們一起建造一座愛的橋樑，為更好的明天，一起努力。

你為什麼不去養條狗？

新年假期中，我兩位老同學趁回家過節，到我家裡玩，一位帶著她心愛的狗，一位帶來了她才領養的女兒，我們已好久沒見面。在學校時，我們只要碰到一起就有辯論，老中與老美的文化論戰，不吵不相知，反而因此成了好朋友。

她們兩位都沒結婚，養狗的朋友A，相信狗的忠誠度遠超過人，多年來她一直與狗相依為命，老狗去世後，又領養了一隻小狗，見了養女兒的朋友B，忍不住說：「你為什麼不去養條狗？」

「養狗？」B瞪著她的大眼睛說：「我想都沒想過要養狗，養狗有什麼好？」她親著她不到三歲的女兒，「是不是，養狗有什麼好，誰能跟我的小心肝比？」

「養狗才好呢，柯林頓總統如果早點養狗就不會出這麼大的紕漏。」A也不甘示弱。

「可是我又不是柯林頓總統，再說狗和總統又扯上什麼關係？」B笑著說。

「這你就不懂了，狗是最會保護主人的，如果柯林頓早養狗，絕不會出事，不過以後沒事了，因為他也養了狗，無論如何，養狗比養孩子省事，你看你現在已四十出頭，等到你女兒上大學你有六十歲了吧？你還得花多少錢去栽培她？」A理直氣壯的說。

「我願意栽培她，這是我活著的目的，我要我的人生有意義。」B的談興來了，「想想看狗的性命只有十幾年，十幾年後你用情用心帶大的狗老了，我的女兒卻正是青春年華，你不是又得找一條狗來陪你？我們都記得前幾年，你養的老狗因得癌症而讓牠安樂死時，在告別式上，你哭得死去活來，紅腫的雙眼幾天都消不掉，我看了都心疼。」

沈默半秒鐘，A又忍不住地說：「你看吧，再十年，你女兒到了青春期那才麻煩呢，狗是不會回嘴也不會頂撞的，牠們是最忠心的伴侶，而且牠從早到晚守著你。」

我看看她們面紅耳赤，實在和二十年前讀研究所時差不多，江山易改本性難移。「好了沒有？咖啡都要燒乾了。」

「哈！」兩人大笑，「太過癮了，好久沒人跟我拌嘴吵鬧。」

「養個女兒不就好了。」B欲罷不能。「我天天和女兒玩，太有趣了，沒有孩子的人真不知道失去多少人生的樂趣。」

「孩子是給那些無法養狗的人去養的，你要是養狗，那人生才真正有趣呢！」

「又來了。」我把咖啡端到她們面前，看著那和她越長越像的女兒，「我倒想聽聽你老遠跑到中國大陸領養女兒的故事。」

「我花了二年的時間去申請、等待，但是太值得了。所有的等待費事費時全都值得。」她們母女在地氈上玩成一堆時，那笑容面貌幾乎酷似，「怎麼可能，你們倆長得這麼像！」我驚訝的叫著。

「我到福建去領養時，一抱到手上，大家就這麼說，那時小多麗才一歲，聽說一生下來就被遺棄，一直在孤兒院長大。」B心疼的親著女兒，「護士說她從來不鬧，但是也不笑，可是一看到我就笑了，你看這下巴，和我一模一樣。」我們欣賞著母女兩人微翹如電影明星愛娃嘉娜著名的下巴酒窩，B在西洋人中顯得稍圓的臉蛋竟然和小多麗的東方娃娃臉也相似。

吃午飯時，小多麗自己用湯匙一口口把食物往嘴裡送，用小手捧著杯子喝水，我忍不住讚美：「你看她多能幹，自己吃東西，用餐具用得這麼好。」

「她真的好能幹，從小就不鬧。」B一臉得意。「她還會好幾種語言呢。」

「會說中文嗎？」我明知故問。

「等你教她，我請的媬姆是說西班牙話，我同她說英語。」

我看著小多麗：「你好乖！」小多麗聽我們稱讚，笑得好開心。

「說謝謝。」我教她說中文。

「謝謝。」三歲的她珠圓玉潤的吐出標準京片子。

「小孩子的語言能力真是不可限量。」A看我們和小多麗沒完沒了的玩得好開心，也逗著她說話。

「我沒想到小孩子會這樣好玩。」A說著也唧唧咕咕教她說法語。

「是呀！你才應該去領養一個孩子。」

「說真的，你會不會想到單親並不容易，你卻從小就讓小多麗沒父親，只為了你想做媽媽。」A突然嚴肅的說。

「哎呀！你是那一世紀的老古董?」B大叫。片刻之後，像是自我解嘲，「也許我有一天也會碰到想結婚的人，但絕不會為結婚而結婚。」

音樂在屋子裡輕輕地流動著，在這北國的歲末年初，我們三人仍然像往日一般有談不完的話，拋開婚姻、事業、家庭，以及新與舊的價值觀等等我們一向關懷的話題外，其實我最珍惜的還是這麼多年的友誼，養狗或養孩子，單親或同居，不都是因為每個人的心裡都有一塊溫柔的角落，空在那兒需要用真情去填補？

先做父母再做朋友

六月的第三個星期日是父親節，各媒體與餐廳少不了也配合時令，大作廣告。雖然一般人對父親節的重視還不如母親節，當時代改變，父親的形象也慢慢地從權威變成平起平坐的朋友。以前是父親什麼都知道，現在是父親是我的好朋友。我們這一代身為父母的，正好介於對父母孝順，對兒女也孝順的「三明治」時代，處理得好是懂得做父母，也會做朋友，處理不好是父不父，子不子，親子關係一塌糊塗，不知何去何從。

《美國今日》有一項調查，可以看出一般人的觀念，雖然是少數的抽樣調查，不過也看出父親仍然對兒女影響重大。受訪問者有百分之三十三說父親總是告訴他們要誠實，其次是提醒他們儲蓄的重要，其他如開車、找相愛的對象，以及如何打球、修車子等等，都是父親教授給他們的知識。

在我們成長的時代，並沒有父親節或母親節的存在，一直到上小學時，突然聽說八月八日是父親節，我好興奮，一心想要表示對父親的愛，當時不懂買什麼禮物，只知道爸爸喜歡吃木瓜，於是把儲蓄箱打開，和弟妹們合買了一個大木瓜，上面用毛筆寫了「父親節快樂」的字，確實讓爸爸驚喜，但一向嚴厲的父親仍是不忘告誡我們，小孩子不可亂花錢，儲蓄是很重要的。我心中不免有些失望，因未曾得到父親誇獎，但是父親教我們有關儲蓄的習慣，尤其是理財的觀念，一生受用不盡。

母親一向慈愛，給她任何東西都會受到鼓勵，但是母親也是含蓄的人，並不會過份表示，但是父母的配合，給予我們成長的歲月中，恩威並重、剛柔並濟的教育，父親除了沒有給我們撒嬌的機會外，在人格的發展上，很正確，回想起來也是滿好的感覺。

最近美國校園暴力頻繁，許多慘劇發生，有些社會學者與心理學家，開始找尋答案，也發現到可能是單親家庭太多，所造成的問題。不論是否如此，我想這一代的父母確實面對著前所未有的挑戰，以前的父母，父嚴母慈，黑臉白臉都有人唱，孩子還知道有所自制，情緒上也有出路，如今大多數的家庭，父代母職，或母兼父職，工作與生活雙重負擔，有時大人的情緒也無處發洩，更遑論孩子的正常發展，自然用心的教育也就更談不上了。

現代人主張要與孩子做朋友，這真是不壞的主意，也是史無前例的舉動，與其讓孩子敬你不如讓孩子愛你，敬而遠之，遠不如愛而親之長久而可貴，問題是子不教誰之過？朋友是不能罵也不好意思拒絕的，但是做為父母，卻是要教會孩子有接受拒絕與堅持的毅力，不能予取予求。如果什麼都是好，什麼都可討價還價，小孩子學會的是拖延與試探，而不是自律與自尊。我們除了給予孩子無私無怨的愛之外，也要給他們應付生活的能力，父母已給予了他們健康的身體，當然也要給予智慧去處理生活。這也是家庭民主的原始基礎。

父親節的各種賀詞與慶賀方式很多，但是我深深感覺到，養兒育女絕對是父母兩人的責任，做朋友與做父母也有一些不同，能兼而有之最好，但是做朋友之前先做父母，也許可少些惶恐失落的少年，而多些快樂自信的雙親。許多忙碌的父親，已經走回家庭，宣佈要多花時間給兒女，這也是一個很好的現象。

「只有兒女才是快樂的泉源。」一心只忙著賺錢養家的爸爸們，也開始要享受親情的甜蜜了。

兵強則不勝

早上，捧著咖啡，閒閒地欣賞著窗外一片濃蔭的樹葉，已開始透露著秋意，正感慨著日子在忙碌中飛逝而去時，耳中聽到了在「早安美國」的電視新聞報導，映像上，世貿中心高聳的雙子星大樓正冒著濃煙，我先是一怔，以為是火災，再往下看，正好看到一架飛機穿梭而入，接著火勢更大。我嚇得張著大口，不知是怎麼回事，又有更多的濃煙與火花出現，接著高聳的大樓倒了。警車、救護車、救火車蜂擁而上……。

我想起了今年五月去紐約開會，從上空俯瞰時，那挺拔直立的雙子星大樓，在夜空中閃亮。

我也想起那一年帶著孩子初履大廈的情景。

轉眼間，眼看著它瞬間夷為平地。

世事無常以此為最。

捧著手中已冷的咖啡，心中黯然。

這一個高達百層以上的世貿中心，有旅館有餐廳，有辦公室有會議廳，在大樓內的工作人員，至少五萬人，早上九點前後，正是員工陸續上班的時刻，有一位太太對記者說：「我早上看著他跑完步後趕著去上班，竟然一去不返。」我也聽到幸運兒說：「因為晚起就沒上班。」倖存生還。還有那驚慌從裡向外逃生的工作人員，有灰頭土臉，有血流滿面，亂成一團。那識與不識的人，在悲痛中相擁而泣，最是感人。

紐約市之後，華盛頓的五角大廈也受到破壞，紐約市長接受採訪時說，已有二百多位救火員喪生，死亡人數尚無法統計。

啊！是何種的深仇大恨造成這一個慘不忍睹的人間悲劇？人與人之間的恨，來自於不能相互包容，國與國之間的仇，卻根植於層層疊疊的文化差異，這種奔向死亡的行為，這種置上千人生命於不顧的恐怖行為，是世人所無法接受也不能了解的舉動。

前些日子，當以阿事件一直談不攏時，隱約透露著一份不祥，曾有媒體提出警告，請美國人少出國遊覽，九月是大衛營談判的日子，是恐怖份子一向急進活動的時候。美國人擔心的是恐怖份子在世界任何地方的活躍，卻沒想到他們竟在老虎頭上動土。

很多的仇恨與隔離，來自於以牙還牙的報復，世世代代積壓不斷，美國介入其間，欲以大國之勢居間調解，但又未能深思熟慮，細究文化宗教背景，自從小布希總統上臺後，情勢更加緊張，是否因此種下太多壓制與隔離？老子有云：「兵強則不勝，木強則兵。」智者之言，值得學習。

寬恕的心

車子走在陽光普照的路上。

早春的驕陽，把大家都吸引到戶外了。

彷彿是剎那間，路上已全是五彩繽紛開滿了各色花朵的花樹，讓人忍不住放慢腳步，減速慢行。經過了隆冬的風雪侵襲，那待放的花蕾，無視於世局紛爭不息，不理會爭強奪勝的權力相爭，仍以那悅人的花色點綴著大地，讓人賞心悅目美不勝收。

超級市場擠滿了人，好不容易看到停車位，趕緊把車開過去，卻有人捷足先登，而且是一車占著兩個位子，車主從車內走出來，後面跟著兩個孩子，我看著停滿車子的停車場，那大剌剌地停在當中的車子未免太奢侈，忍不住請他把車子移動一下，也好讓出空位給別人泊車，沒想那車主面無愧色地說：「我一向就是如此停車的。」

我大吃一驚，從沒見過如此「大私無公」的人。

「你沒看到那是兩個停車位嗎？」我禮貌地問。

「我一向都是這樣停車的。」他又重複說一次，然後得意地走入店中，後面跟著兩個成長中的孩子，還做了個勝利的鬼臉。

有人是用這種身教在教育下一代嗎？我不敢相信地看著他們大搖大擺地走開。不想生氣，以免破壞了好心情。陽光大把地撒滿了大地，百花無視於冰雪侵擾，仍然在春日綻放。陽光與鮮花豈會因世上有些人的自私自大而不給予照耀欣賞？

想起早上本地《觀察報》上的消息，仍在心中迴盪著，一位被控強姦罪的兇嫌，經過多次申訴，大聲疾呼自己的冤獄，但拖了十一年餘，才由DNA的證明，終於水落石出討回公道，證明另一兇嫌才是禍首，但是將近十二年的監禁，從二十四歲到三十六歲，人生的青春就在監獄中度過，他說在牢獄中，幾度想到自殺也想到殺人，最後在家人的愛與宗教中得到救贖。他不僅沒有自殺也沒有殺人，還原諒了一口咬定是他強暴的原告。他不再提舊事，也不想追究過去。

他說：「人生是要向前走的。」更可貴的是，出獄後這些年來，他和誤認他的原告各自成家，兩家人建立了友情，變成好朋友，報上以「寬廣的心」為題，專題報導著人性中良善的一面。他本來不想被採訪，但是，因為越來越多的槍殺與罪惡，讓人總懷疑世風日下，人類是否已變得自大自私？才決定讓記者報導，「我對人類仍有信心。」他說。

有些事，真的是可以不必老罣在心上，心中越少罣礙，心情也就更為輕鬆。天下之大，我們能做的，能掌握的，也只是小小的自己，仰俯無愧於天地，坦坦蕩蕩過日子。比起十一年的冤獄，對那心中只有自我的人也就不必太放在心上了。

如果愛是可以學習，寬恕也是可以學習的，對人的包容也要自己多加修煉。

流浪者之歌

——觀賞雲門舞集在北卡演出

六月的北卡州，艷陽高照，但旅人卻絡繹不絕，因為北卡州的「美國舞蹈季」(American Dance Festival)，簡稱 ADF，每年都在六月初登場，吸引了世界各地的舞者精英來此表演，接連一個月的舞蹈節目，每場都是精彩演出。ADF，最早成立於佛蒙特州，創立者包括瑪莎葛蕾等現代舞大師，於一九七八年遷至北卡州，利用杜克大學校內劇場演出，到今年已邁入二十五年歷史，已確立了美國現代舞之藝術地位。每年一到六月，從各地而來對現代舞有專精與喜愛的人都會在此聚會，這是編舞與舞者的盛事，不僅是相互觀賞學習，也是以能被列入邀請為榮。

住在北卡州的華僑，一聽說雲門舞集六月要來「美國舞蹈季」表演，大家都很興奮。北卡書友會更發動了會員，把欣賞「雲門舞集」的演出做為今年的藝術活動，並廣向美國友人介紹，頗有「獻寶」——分享來自故鄉的藝術家之心。

林懷民與雲門舞集，代表著臺灣近年來中西並容與新舊交流的結合，更是一份「以舞傳薪」理念的堅持，這些年來，每次回臺，若有雲門舞集的演出，我很少錯過，雖然有許多人說看不懂現代舞，以此詢及懷民，他也笑稱無妨，能欣賞就好。藝術、文學與音樂，都需要用心靈去感受，每個人的感覺不同，體會也不同，欣賞舞者精彩的舞姿，就是一種享受。

這是我第三次觀賞雲門「流浪者之歌」的演出。但這次卻有完全不同的感受，也許是因為在國外我居住的城市，看著那三噸來自故鄉、與雲門的團員周遊世界各地的稻米，倍感親切。想著米與舞者，一站站、一宵宵的廝守相互打滾，日日夜夜，經年累月，是一條何其漫漫的長路？那份專注與投入也就更叫人感動。

ADF畢竟是有歷史、有經驗的組織，與媒體公關都做得有條有理，早在雲門舞集抵達前，此地的《觀察報》就以大篇幅介紹，舞臺與燈光設備更具世界水準，在可容納近千人的劇院，座無虛席。

林懷民在「流浪者之歌」中，用稻米做舞臺背景道具，米，有時是崎嶇不平的山，有時是蜿蜒如帶的水，有時是火花蔓延的激情……有掙扎有歡樂。人生行路，必須流浪，流浪在跨越山水間，移步如蓮花，洗淨心靈污垢，如佛陀的托缽化緣，尋求內心的寧靜自在。

大家全神屏息，凝視著幽暗的舞臺，輕微的音樂流出時，也只有淡淡的霞光照在小小的人身上。以非常非常慢的節奏，由舞者的手指撥弄著穀子，讓一粒粒金黃的稻米，從指縫中穿越，逐漸地，光彩擴散，照在圍聚而來的軀體與四肢，蠕動著，掙扎著，寂靜中，只聽到從天而降的米粒聲，灑落在佇立不動的形體，屏息靜賞的全場觀眾，彷彿沈醉在禪思與玄想中，像一粒粒散落在空間的穀子，尋找著歸處。

像是回到童年的景象，黑暗中，我忘了是在異鄉，而是在南臺灣熾烈的陽光下，眼前是一片金黃色的曬穀場，粒粒發亮的穀子，隨著舞臺上的火花，沈沈的音樂聲中，傳來田野的蟬鳴與鳥叫，風在林梢吹拂，一粒粒的米穀，從沈靜中、蠕動、掙扎，脫穎而出……

像欣賞一幅幅畫作，在眼眸與心靈深處的交會處撞擊，思維在心中潮湧澎湃。如果，編舞者的成功，是在於吸引觀眾的全心投入，林懷民在這點上是成功地掌握了全場數百人的焦點。在西方快速的生活節奏中，緩慢而靜默的東方格調，跨越了文化疆界。林懷民用米，一圈圈的米圍成圓，是耐心也是修鍊，終場前將近二十分鐘，只有獨舞者，不聲不響地繞著圓圈推米，全場沒有一點聲響，寂靜無聲，幕落後，如雷掌聲，全體從座位彈起，是對舞者至高的致敬。

當全體站立鼓掌時，問身旁觀賞的年輕習舞者，感覺如何？

「太棒了，我們明天還要再來觀賞學習。」

第一天表演之後，不僅有專業而肯定的舞評，更有連看三天，每日出席的觀眾。文化傳播遠勝於政治宣傳，尤其是觀眾以主流社會的知識份子為主，經由舞蹈也傳遞了文化的特質，有尊嚴，有品味，意義深長。

我在酒會中問懷民：「能為你做點什麼？譬如做一些家鄉菜？」他說已習慣了流浪中的飲食，在國外演出，三天兩頭更換住處，吃住已是無法聽任自己腸胃需求。來北卡表演的前一站是英國倫敦，不僅是場地不同，時差也有別，剛下機就得忙下一場表演，燈光音響……一切都得配合，專業的水準永遠是首要考量，至於吃，就不是那麼重要了。

成立雲門舞集前，林懷民曾以十九歲的早慧之年，出版了一本《蟬》而聞名文壇，問他「還寫作嗎？」

「很久沒寫了。」他接著又說：「我那本《蟬》又重新出版了，還拿了不少版稅呢！」笑得和十九歲的孩子一樣純真可愛。

我站在遠處，欣賞這位全心投入於雲門舞集的朋友，這麼多年來，從「渡海」、「白蛇傳」、「薪傳」、「流浪者之歌」……一步一腳印，傳遞著他對故土民情的懷念，把雲門舞集推向國際舞臺，用他的才華和努力贏得國際間專業的尊重。

周圍的人，還在問長問短，他總是素樸微笑以答。

我心中猜想，他其實最想的是快快回家躺在床上，好好睡一場好覺。在國外餐風露宿，旅途勞累，連這點小小的心願竟也是奢侈，而當他結束了北卡的演出，又將在波士頓的另一舞臺，覆天蓋地，以米如橋如路如山如水，以雲門舞集，傳遞心中薪火。

「流浪者的腳步如花，心靈如熟果，人必須流浪……為了洗滌污濁，尋覓自在。」

附錄：網上文緣

王鼎鈞

簡宛女士在她的網上專欄裡面談到作家的條件，她主張作家應該不貪財、不為賺錢而寫作，善哉善哉。

作家必須自主，但是，中國現代作家受困於兩大外力，一個是威脅，一個是利誘。威脅大致已成過去，姑置勿論，利誘卻是潮流。現今經濟制度使文學成為商品，生產者受商家制約，商家又受消費者制約，作家的自主削弱了。

文學作品和商品之間有一個根本的矛盾，高品味的人居於少數，高品質的作品往往只贏得少數讀者，白居易說「僕之所重、時之所輕」，韓愈說「小慚小好、大慚大好」。這樣，作家追逐銷售量以顯示成就，要在某種程度上放棄自主。

這個話題可以繼續延伸下去，但我現在想說，我非常羨慕能夠自主的作家，他的生命裡沒有威脅，即所謂免於恐懼的自由；也沒有利誘，即所謂免於匱乏的自由。自由而後自在，自在而後……如果落實下來形容簡宛女士的風格，那就是和平恬淡，瀟灑從容。

這些年，簡宛的文章常常成為海外作家談論的一個焦點。時代給文學作品留下許多陰暗面，恐怖時期固無論矣，所謂市場法則也是一種專政。簡宛女士凌波微步，胸無塵埃，使人「問渠那得清如許」。大家說，實際生活中多少醜，多少假，多少機關算盡，都看厭了，回家香茗一杯，散文一卷，難道還要溫習那些？難得玄酒味淡，大音聲希，心靈上才真正有片刻的休憩。

寫這樣的作品當然是忘記了紙貴洛陽，忘記了語不驚人死不休，忘記了這個主義那個主義對號入席。一切忘記，未忘記我在故我寫，未忘記一支筆由我作主。

註：本文係王鼎鈞先生在《世界日報》「網上文緣」討論簡宛女士作品之文字，承作者允諾特列入書中。

三民叢刊書目

①邁向已開發國家　孫　震著
②經濟發展啟示錄　于宗先著
③中國文學講話　王更生著
④紅樓夢新解　潘重規著
⑤紅樓夢新辨　潘重規著
⑥自由與權威　周陽山著
⑦勇往直前
・傳播經營札記　石永貴著
⑧細微的一炷香　劉紹銘著
⑨文與情　琦　君著
⑩在我們的時代　周志文著
⑪中央社的故事（上）
・民國二十一年至六十一年　周培敬著
⑫中央社的故事（下）
・民國二十一年至六十一年　周培敬著
⑬梭羅與中國　陳長房著
⑭時代邊緣之聲　龔鵬程著
⑮紅學六十年　潘重規著
⑯解咒與立法　勞思光著
⑰對不起，借過一下　水　晶著
⑱解體分裂的年代　楊　渡著
⑲德國在那裏？（政治、經濟）
・聯邦德國四十年　郭恆鈺
許琳菲等著
⑳德國在那裏？（文化、統一）
・聯邦德國四十年　郭恆鈺
許琳菲等著
㉑浮生九四
・雪林回憶錄　蘇雪林著
㉒海天集　莊信正著
㉓日本式心靈
・文化與社會散論　李永熾著
㉔臺灣文學風貌　李瑞騰著
㉕干儛集　黃翰荻著

㉖作家與作品　謝冰瑩著
㉗冰瑩書信　謝冰瑩著
㉘冰瑩遊記　謝冰瑩著
㉙冰瑩憶往　謝冰瑩著
㉚冰瑩懷舊　謝冰瑩著
㉛與世界文壇對話　鄭樹森著
㉜捉狂下的興嘆　南方朔著
㉝猶記風吹水上鱗　余英時著
・錢穆與現代中國學術
㉞形象與言語　李明明著
・西方現代藝術評論文集
㉟紅學論集　潘重規著
㊱憂鬱與狂熱　孫瑋芒著
㊲黃昏過客　沙　究著
㊳帶詩蹺課去　徐望雲著
㊴走出銅像國　龔鵬程著
㊵伴我半世紀的那把琴　鄧昌國著
㊶深層思考與思考深層　劉必榮著
・轉型期國際政治的觀察

㊷瞬　間　周志文著
㊸兩岸迷宮遊戲　楊　渡著
㊹德國問題與歐洲秩序　彭滂沱著
㊺文學關懷　李瑞騰著
㊻未能忘情　劉紹銘著
㊼發展路上艱難多　孫　震著
㊽胡適叢論　周質平著
㊾水與水神　王孝廉著
・中國的民俗與人文
㊿由英雄的人到人的泯滅　金恆杰著
・法國當代文學論集
51重商主義的窘境　賴建誠著
52中國文化與現代變遷　余英時著
53橡溪雜拾　思　果著
54統一後的德國　郭恆鈺主編
55愛廬談文學　黃永武著
56南十字星座　呂大明著
57重疊的足跡　韓　秀著
58書鄉長短調　黃碧端著

59 愛情・仇恨・政治
・漢姆雷特專論及其他　朱立民著
60 蝴蝶球傳奇
・真實與虛構　顏匯增著
61 文化啓示錄　南方朔著
62 日本這個國家　章　陸著
63 在沉寂與鼎沸之間　黃碧端著
64 民主與兩岸動向　余英時著
65 靈魂的按摩　劉紹銘著
66 迎向眾聲
・八〇年代臺灣文化情境觀察　向　陽著
67 蛻變中的臺灣經濟　于宗先著
68 從現代到當代　鄭樹森著
69 嚴肅的遊戲
・當代文藝訪談錄　楊錦郁著
70 甜鹹酸梅　向　明著
71 楓　香　黃國彬著
72 日本深層　齊　濤著
73 美麗的負荷　封德屏著
74 現代文明的隱者　周陽山著
75 煙火與噴泉　白　靈著
76 七十浮跡
・生活體驗與思考　項退結著
77 永恆的彩虹　小　民著
78 情繫一環　梁錫華著
79 遠山一抹　思　果著
80 尋找希望的星空　呂大明著
81 領養一株雲杉　黃文範著
82 浮世情懷　劉安諾著
83 天涯長青　趙淑俠著
84 文學札記　黃國彬著
85 訪草（第一卷）　陳冠學著
86 藍色的斷想
・孤獨者隨想錄　陳冠學著
A・B・C全卷
87 追不回的永恆　彭　歌著
88 紫水晶戒指　小　民著
89 心路的嬉逐　劉延湘著

⑨⓪ 情書外一章　韓　秀著
⑨① 情到深處　簡　宛著
⑨② 父女對話　陳冠學著
⑨③ 陳沖前傳　嚴歌苓著
⑨④ 面壁笑人類　祖　慰著
⑨⑤ 不老的詩心　夏鐵肩著
⑨⑥ 雲霧之國　合山　究著
⑨⑦ 北京城不是一天造成的　喜　樂著
⑨⑧ 兩城憶往　楊孔鑫著
⑨⑨ 詩情與俠骨　莊　因著
(100) 文化脈動　張　錯著
(101) 桑樹下　繆天華著
(102) 牛頓來訪　石家興著
(103) 深情回眸　鮑曉暉著
(104) 新詩補給站　渡　也著
(105) 鳳凰遊　李元洛著
(106) 文學人語　高大鵬著
(107) 養狗政治學　鄭赤琰著
(108) 烟　塵　姜　穆著
(109) 河　宴　鍾怡雯著
(110) 滬上春秋　章念馳著
(111) 愛廬談心事　黃永武著
(112) 吹不散的人影　高大鵬著
(113) 草鞋權貴　嚴歌苓著
(114) 是我們改變了世界　張　放著
(115) 夢裡有隻小小船　夏小舟著
(116) 狂歡與破碎　林幸謙著
(117) 哲學思考漫步　劉述先著
(118) 說　涼　水　晶著
(119) 紅樓鐘聲　王熙元著
(120) 寒冬聽天方夜譚　保　真著
(121) 儒林新誌　周質平著
(122) 流水無歸程　白　樺著
(123) 偷窺天國　劉紹銘著
(124) 倒淌河　嚴歌苓著
(125) 尋覓畫家步履　陳其茂著
(126) 古典與現實之間　杜正勝著
(127) 釣魚臺畔過客　彭　歌著

128 古典到現代 張　健著
129 帶鞍的鹿 虹　影著
130 人文之旅 葉海煙著
131 生肖與童年 小　民著 喜　樂圖
132 京都一年 林文月著
133 山水與古典 林文月著
134 冬天黃昏的風笛 呂大明著
135 心靈的花朵 戚宜君著
136 親　戚 韓　秀著
137 清詞選講 葉嘉瑩著
138 迦陵談詞 葉嘉瑩著
139 神　樹 鄭　義著
140 琦君說童年 琦　君著
141 域外知音 張堂錡著
142 遠方的戰爭 鄭寶娟著
143 留著記憶・留著光 陳其茂著
144 滾滾遼河 紀　剛著
145 王禎和的小說世界 高全之著
146 永恆與現在 劉述先著
147 東方・西方 夏小舟著
148 嗚咽海 程明琤著
149 沙發椅的聯想 梅　新著
150 資訊爆炸的落塵 徐佳士著
151 沙漠裡的狼 白　樺著
152 風信子女郎 虹　影著
153 塵沙掠影 馬　遜著
154 飄泊的雲 莊　因著
155 和泉式部日記 林文月譯・圖
156 愛的美麗與哀愁 夏小舟著
157 黑　月 樊小玉著
158 流香溪 季　仲著
159 史記評賞 賴漢屏著
160 文學靈魂的閱讀 張堂錡著
161 抒情時代 鄭寶娟著
162 九十九朵曇花 何修仁著
163 說故事的人 彭　歌著
164 日本原形 齊　濤著

165 從張愛玲到林懷民　高全之著
166 莎士比亞識字不多？　陳冠學著
167 情思・情絲　龔　華著
168 說吧，房間　林　白著
169 自由鳥　鄭　義著
170 魚川讀詩　梅　新著
171 好詩共欣賞　葉嘉瑩著
172 永不磨滅的愛　楊秋生著
173 晴空星月　馬　遜著
174 風　景　韓　秀著
175 談歷史　話教學　張　元著
176 兩極紀實　位夢華著
177 遙遠的歌　夏小舟著
178 時間的通道　簡　宛著
179 燃燒的眼睛　簡　宛著
180 月兒彎彎照美洲　李靜平著
181 愛廬談諺詩　黃永武著
182 劉真傳　黃守誠著
183 天涯縱橫　位夢華著
184 新詩論　許世旭著
185 天　讎　張　放著
186 綠野仙蹤與中國　賴建誠著
187 標題飆題　馬西屏著
188 詩與情　黃永武著
189 鹿　夢　康正果著
190 蝴蝶涅槃　海　男著
191 半洋隨筆　林培瑞著
192 沈從文的文學世界　王繼志　陳　龍著
193 送一朵花給您　簡　宛著
194 波西米亞樓　嚴歌苓著
195 化妝時代　陳家橋著
196 寶島曼波　李靜平著
197 只要我和你　夏小舟著
198 銀色的玻璃人　海　男著
199 小歷史　林富士著
200 再回首　鄭寶娟著
201 舊時月色　張堂錡著

202 進化神話第一部
・駁達爾文《物種起源》　陳冠學著
203 大話小說　莊　因著
204 人　禍　彭道誠著
205 殘　片　董懿娜著
206 陽雀王國　白　樺著
207 懸崖之約　海　男著
208 神交者說　虹　影著
209 海天漫筆　莊　因著
210 情悟，天地寬　張純瑛著
211 誰家有女初養成　嚴歌苓著
212 紙　銬　蕭　馬著
213 八千里路雲和月　莊　因著
214 拒絕與再造　沈　奇著
215 冰河的超越　葉維廉著
216 庚辰雕龍　簡宗梧著
217 莊因詩畫　莊　因著
218 換了頭抑或換了身體　張德寧著
219 黥首之後　朱　暉著
220 生命風景　張堂錡著
221 在綠茵與鳥鳴之間　鄭寶娟著
222 葉上花　董懿娜著
223 與自己共舞　簡　宛著
224 夕陽中的笛音　程明琤著
225 零度疼痛　邱華棟著
226 歲月留金　鮑曉暉著
227 如果這是美國　陸以正著
228 請到我的世界來　段瑞冬著
229 6個女人的畫像　莫　非著
230 也是感性　李靜平著

231

與阿波羅對話

韓秀 著

自遠方來，我在陽光的國度與阿波羅對話。秋日午後的愛琴海波光粼粼，反射生命的絕代風采。這裡是雅典，眾神的故鄉，世人的虛妄不過瞬眼，胸臆間卻永遠有激情在湧動。殿堂雖已頹圮，風起之際，永恆卻在我心中駐紮。

232

懷沙集

止庵 著

「樹欲靜而風不止，子欲養而親不待」作者將對逝去父親的感念輯成本書。其間除了父親晚年兩人對談的點滴外，亦不乏從日常不經意處，挖掘出文學、生活的真諦。作者樸實的文筆，在現代注重藻飾的文壇中像嚼蘿蔔，別有一股自然的餘味。

233

百寶丹

曾焰 著

百寶丹，東方國度的神奇靈藥，它到底有多神妙？身世坎坷的孤雛，如何在逆境中自立，成為濟世名醫？一部結合中國傳統藥理與鄉野傳奇故事的長篇小說，一段充滿中國西南邊疆民族絕代風情的動人篇章。

234

矽谷人生

夏小舟 著

生命流轉，人只能隨波逐流。細心體會、聆聽、審視才能品嘗出人生的況味。從中國到美國，從華盛頓到矽谷，傳統與現代，寧靜與繁華，作者以雋永的文筆，交織出大城市裡小人物不平凡的際遇和生活中發人省思的啟示，引領讀者品味異國人生。

235

夏志清的人文世界

殷志鵬　著

在自己的婚禮上，會說出「下次結婚再到這地來」的，大概只有夏志清吧！這位不在洋人面前低頭的夏教授，以其堅實的學術專業，將現代中國小說推向西方文學的殿堂，他蓄滿對生命的熱情，打了兩次精采的筆仗……快跟著我們一起走入他的人文世界吧！

236

文學的現代記憶

張新穎　著

五〇年代的臺港兩地，在自由風氣的帶動下，中外文學相互影響，激起了一連串美麗的浪花；或許你我置身其中，而無法全然地欣賞到這場美景，亦或未能躬逢這場盛宴，作者以局外人的角度，用精鍊的筆法為文十篇，細數這場文學史的發展。

237

女人笑著扣分數

馬瑩君　著

這是一本愛情的「解語書」，告訴您女人為何笑著扣分數。馬盈君，一位溫柔敦厚的作者，以她理性感性兼至的筆觸，探討愛情這一亙古的命題。在芸芸眾生中，為我們解剖女人內心最深處的想法，及男人的愛情語碼，帶領我們找到千古遇合的靈魂伴侶。

238

文學的聲音

孫康宜　著

聲音和文字是人們傳情達意的主要媒介，然而聲音已與時俱逝；動人的詩篇卻擲地有聲，如空谷迴響，經一再的傳唱，激盪於千古之下。本書作者堅持追尋文學的夢想，用心聆聽、捕捉文學的聲音，穿越時空的隔閡與古人旦暮相遇。

239

一個人的城市

黃中俊 著

重慶的山水、上海的學府、北京的藝室、深圳的商海……作者清雅的文字，記載生活脈絡裡的悲喜哀樂，其中又埋藏著時代進步的兩難，讓人耳目一新。在個人的愁緒裡瀰漫著文化變遷的滄桑感，讀這樣的書寫，彷彿能聞到人生跋涉的新泥芳香……

240

詩來詩往

向明 著

逐著詩人的腳步，涵泳沉籍於文學溫厚鬱勃、神氣騰揚的繽紛世界中。軼事掌故精采而韻味無窮；文學批評深刻真摯而不尖削；作品剖析使人縱情浪漫綺想中幾欲漫滅……在古典與現代、東方與西方、批評及作品間交顯的文學，本書讓您一網打盡。

241

過門相呼

黃光男 著

敏感於事物變幻的旅者，洋溢著詩情的才華，細心捕捉歷史上的古拙韻味，透析了社會發展的步履，讓人宛如置身於包羅萬有的博物館裡。如果你厭倦了匆忙的塵囂，請翻開此書，讓典雅的文句浮載你到遠方，懷擁「過門更相呼，有酒斟酌之」的情境。

242

孤島張愛玲

蘇偉貞 著

張愛玲整個的生命就是從一座孤島到另一座孤島的漂流。在上海到美國之間，張愛玲在香港這座孤島的創作，承續了大陸時期最鼎盛的創作力道，是轉型到美國時期的過渡階段。藉由作者鍥而不捨的追索，為您剖析張愛玲這段時期小說的意涵及影響。

243

何其平凡

何凡 著

還記得那段玻璃墊上的日子嗎?在聯合報連續撰寫專欄逾三十年,當代臺灣最資深的專欄作家——何凡,以九十一歲的高齡,將這十年間陸續發表的文章集結成這本書。謙虛的他取其筆名的寓意,將這本小書命名為「何其平凡」,獻給品味不凡的——您。

244

近代人物與思潮

周質平 著

作者任教於美國普林斯頓大學東亞系,專研近代中國與胡適研究。書中篇章有民初民族主義澎湃的載道文學與林語堂性靈小品的對比,有美國九一一之後愛國主義與言論自由爭論的首尾起承……。在他筆下,近代人物與思潮,將如繪歷現於讀者面前。

245

孤蓬寫真

陳祖耀 著

在動亂的時代,未來二個字是無法寫落的,如風揚起的孤蓬,一任西東!是宿命的悲劇,作者生長在這樣的大時代,從逃土匪、抗日、剿共到大陸變色,隻身撤奔來臺,在無依的土地上,努力發芽、成長,至今巍然成蔭。其中酸甜鹹苦,請聽他娓娓道來……

246

史記的人物世界

林聰舜 著

兩千年前,司馬遷以絕妙的文才將人物的個別性典型化,同時在《史記》中蘊含許多別具創見的思想。今天,本書運用簡鍊的文字,重新演繹司馬遷筆下的人物,深入探究其文字下所寓含的真義,揭開《史記》的面紗,將帶我們一窺《史記》人物世界的堂奧。

247

美女大國

鄭寶娟　著

「美女本身就是個族裔，不管她來自哪個民族、哪個國家、哪個文化，美女這個族裔是獨立存在的，她們之間共有一套行為語碼……」一向冷眼觀察事物的鄭寶娟，這次將焦點放到「美女」上，有了如此的陳述，您還想知道更多知性的她對美女的更多看法嗎？

248

南十字星下的月色

張至璋　著

兩百多年前，英國人靠著南十字星的指引，來到澳洲這個最古老的大陸。兩百年後，華人從世界各地，移居到這個心目中的天堂。張至璋善於觀察人間世相，發現每個移民背後都有一根針！並以此為背景，為讀者道出移民背後的辛酸與省思！

249

尋求飛翔的本質

孟昌明　著

因為莫札特，我們得以聆聽天籟；因為梵谷，我們才能在星夜與麥田間感受生命。孟昌明以一個藝術學子的真誠，將鍾愛的藝術帶下神壇，拂去塵埃，還給讀者，還給生活。只因真正偉大的藝術家，不但是天上的星辰，自然的驕子，更應該是你我的朋友。

250

紅紗燈

琦　君　著

在琦君的記憶中，懸掛著一盞外祖父親手為她糊的紅紗燈。無論哀傷或歡樂，似乎化在一片溫馨的燈暈裡，如今更轉作力量，給予她無限的信心與毅力。因為這紮紮實實的希望，引領著她邁步向前。敬邀同樣無法忘情舊事的你，一同進入搖曳燈的燈暈之下。

251

裂變

彭道誠 著

什麼年代了還有人寫章回小說？是的，繼《人禍》之後，著名的大陸劇作家彭道誠先生，接續前次未講完的太平天國故事，再度展現其說書人的本領，將故事的主線，浮動在歷史與小說之際，遊戲於寫實與迷幻之間，賦予章回小說新的魅力，推薦給愛看故事的您。

252

靜寂與哀愁

陳景容 著

去過國家音樂廳嗎？您可曾注意到大廳裡那幅臺灣少見的大型濕壁畫？畫家陳景容為您細數過去重要作品的點點滴滴，不論是前述的濕壁畫、門諾醫院的嵌畫或是平日創作的版畫、油畫、彩瓷畫等，彷彿讓您親臨創作現場，一同見證藝術的誕生。

253

與書同在

韓秀 著

臺灣一年有多少本書面世呢？三────○○○○以上，沒錯！四個零。面對書山書海，您是否有不知該如何選書的困擾？與書生活在一起的作家韓秀，提供給愛書朋友們一份私房閱讀書單，帶領讀者超越時空的藩籬，進入書的世界裡。

254

用心生活

簡宛 著

生活之於你，是否已如喝一杯無味的水，只是吞嚥，激不起大腦任何感動？有人卻不如此。簡宛以一顆平實真摯的心，不斷地於生活中挖掘出新的滋味，記錄她對朋友的關懷，旅途上的見聞感想，對世事的領悟與真情的感動，與您分享。

255

食字癖者的札記

袁瓊瓊 著

當您闔上這本書前，眼角餘光還會掃到這一小塊文字，恭喜！您罹患了一種精神官能症——「食字癖」。發作初期會對文學莫名其妙地熱中，到了末期，則有不讀書會死的焦慮。此病無藥可醫，只能以無止盡的閱讀緩解症狀。這本書提供末期的您，啃食。

256

扛一棵樹回家

洪淑苓 著

扛一棵樹回家，樹上掛滿溫馨、真情流露的細細呵護。品味洪淑苓的散文，總讓心裡不自覺泛起美好的漣漪，童年、親情、愛情與生活點滴在她筆下靈思妙舞，宛若一幕幕饒富意涵的風景翩然迎來，動人心懷。

257

他鄉生白髮

孫震 著

「他鄉生白髮，舊國見青山」，所見的不只是天地悠悠，更有生命的尋思與豁然。本書是作者在經濟學專論之外少見的散文選輯，談人生點滴，敘還鄉情怯，言師友交誼，以髮上青春的墨色，留下扉間歲月的字跡。

258

私閱讀

蘇偉貞 著

私之閱讀，閱讀之思。寫書、讀書、評書，與書生活在一起的「讀書人」——蘇偉貞，以獨特的觀點，在茫茫書海中取一瓢飲，提供您私房「讀」品，帶您窺伺文字與靈思的私密花園。

國家圖書館出版品預行編目資料

用心生活／簡宛著.－－初版一刷.－－臺北市；三民，2002

面； 公分.－－(三民叢刊. 254)

ISBN 957-14-3687-9 (平裝)

855　　　　91019401

網路書店位址 http://www.sanmin.com.tw

© 用 心 生 活

著作人　簡　宛
發行人　劉振強
著作財產權人　三民書局股份有限公司
　臺北市復興北路三八六號
發行所　三民書局股份有限公司
　地址／臺北市復興北路三八六號
　電話／二五〇〇六六〇〇
　郵撥／〇〇〇九九九八──五號
印刷所　三民書局股份有限公司
門市部　復北店／臺北市復興北路三八六號
　重南店／臺北市重慶南路一段六十一號
初版一刷　西元二〇〇二年十一月
編　號　S 85626
基本定價　參　元
行政院新聞局登記證局版臺業字第〇二〇〇號

ISBN 957-14-3687-9 (平裝)